深夜日记

The Night Diary

［印度］维拉·希拉南达尼 著
(Veera Hiranandani)
赵雯 译 刘勇军 校译

中信出版集团 | 北京

图书在版编目（CIP）数据

深夜日记 /(印) 维拉·希拉南达尼著；赵雯译
. -- 北京：中信出版社, 2021.2（2024.9重印）
书名原文：The Night Diary
ISBN 978-7-5217-2267-3

Ⅰ.①深… Ⅱ.①维… ②赵… Ⅲ.①长篇小说—印度—现代 Ⅳ.①I351.45

中国版本图书馆CIP数据核字（2020）第177107号

The Night Diary
Original English language edition first published in the United States of America by Dial Books for Young Readers, an imprint of Penguin Random House LLC, 2018
Copyright © 2018 by Veera Hiranandani
Simplified Chinese translation copyright © 2021 by CITIC Press Corporation
This edition published by arrangement with Kokila, an imprint of Penguin Young Readers Group, a division of Penguin Random House LLC
ALL RIGHTS RESERVED

本书仅限中国大陆地区发行销售

深夜日记

著　　者：[印度] 维拉·希拉南达尼
译　　者：赵雯
校　　译：刘勇军
出版发行：中信出版集团股份有限公司
　　　　　（北京市朝阳区东三环北路27号嘉铭中心　邮编 100020）
承　印　者：嘉业印刷（天津）有限公司

开　　本：889mm×1194mm　1/32　　印　张：7.75　　字　数：150千字
版　　次：2021年2月第1版　　　　　印　次：2024年9月第12次印刷
京权图字：01-2020-5380
书　　号：ISBN 978-7-5217-2267-3
定　　价：35.00元

出　品：中信儿童书店　　　　　　　　图书策划：红披风
策划编辑：李欢欢　　　　　　　　　　责任编辑：郝兰
营销编辑：陆琮　王沛　金慧霖
装帧设计：颂煜文化　　　　　　　　　封面设计：棱角视觉 ANGULAR VISION

版权所有·侵权必究
如有印刷、装订问题，本公司负责调换。
服务热线：400-600-8099
投稿邮箱：author@citicpub.com

本书收到的赞誉

一部发人深省的成长小说。具有多元文化背景的作者，以写给亡故母亲的日记体，记录了父亲曾经历的痛苦往事，这段似乎已被尘封的历史，实际上还在深刻影响着地球上至少十几亿人的生活。小说将一个12岁少女的成长之旅，融入到一场灾难性的大规模逃难之旅中，让读者不得不直面人性中的阴暗与荒谬，同时也为年轻生命的热烈与坚韧喝彩。小读者们可以从这样的成长故事中汲取强大的力量，同时也学会用宏大历史的眼光，尽量包容地看待我们所处的世界。从来不要低估人类的愚蠢，但也要坚信人性中无法泯灭的光明。

——阿甲
资深儿童阅读推广人，红泥巴读书俱乐部创始人
著名图画书作者、译者、研究者

一口气读了2019年纽伯瑞儿童文学奖的两部获奖作品——《深夜日记》和《牧羊男孩》，开始读的时候，你以为读到的是关于说话恐惧症患者、读写障碍症患者、爱无能患者、被宗教隔离者、被种族歧视者、离乡背井者、驼背者、手无寸铁的孩子的故事，但是读到最后，你会发现它们

是关于每一个人的故事。好的故事就是这样：从人的局限性出发，通往无限的可能性；以孩子的天真无知去摇撼整个浩大的世界，如同小小的露珠托起蓝天，好使它不至于坍塌；提醒每一个读者，不要忘了自己生来就有能够飞越至暗时刻的两只翅膀，一只是爱，一只是善良。

—— **常立**
儿童文学作家、研究者

《深夜日记》的难得与宝贵在于抒写了童年的沉重，把不同时空、不同文化背景下，真实存在的苦难与幸福交缠的人生体验，以儿童能够理解的方式，用娓娓道来的日记形式带到孩子的视野中。在这部小说里，我们能看到文明融合与冲突中的幸和不幸，它如同一阵轻柔的龙卷风，把孩童卷起到阴霾重重的高空中，让我们在注视、叹息之余，深思如何驱逐阴霾，保卫童心。

—— **李一慢**
阅读教学专家，慢学堂创办人，新教育实验学术委员

"一个新的国家诞生了，而我的家却没了。"《深夜日记》是基于真实的历史创作的，讲述了在巨大的人为冲突面前，一个孩子以微弱的力量守护希望——她守护的，不仅仅是她自己的家，也不仅仅是自己想成长为"一个美好的人"的希冀，还有平凡的个体在无法摆脱的命运里的抗争和希望。书

中将一个国家的裂变之路与一个孩子微渺的成长之途编织在一起,把关于离别、生死、战争和绝境中爱的力量等话题带到孩子的视野中,也借助儿童的目光,让我们追问"人类如何接受差异"这一具有现实意义的话题。

—— 熊佑平
中国儿童文学研究会理事,深圳市百仕达小学校长
深圳市全民阅读优秀推广人

读着《深夜日记》,就好像听着妮莎给我们讲着那些童年的快乐和烦恼,那些不解和不舍,那些渴望和努力,虽然妮莎开口讲话很困难,但我能听到,你一定也能听到。在妮莎的故事里,我们听到了一段让许多人离开故土的历史,他们历尽艰辛,跨越边境,甚至在这场迁徙中丧生。孩子的不解伴随的是对人类和平相处的渴望和相信——妮莎的父母跨越宗教的阻隔而成为相爱的夫妻;厨工卡兹与妮莎一家人的宗教信仰不同,却相互爱护;还有妮莎的舅舅、与她做朋友的邻家女孩、她父亲在医院里的最要好的同事,他们的宗教信仰也都与妮莎一家不同,但他们对彼此充满善意。我想,也许多一些孩子读到《深夜日记》,日后,便会有多一些为和平而努力的力量吧,孩子是明天,是希望。

—— 袁晓峰
中国儿童文学研究会理事,2012全国十大读书人物
2006全国推动读书十大人物,语文教育专家,童书作家

读着一封封稚朴的信，一个女孩对已逝妈妈的爱扑面而来，一个印度家庭的生活日常徐徐展开，印巴分治时局下坎坷的迁徙之路，不同教派间激烈的冲突，被迫放弃而又难以释怀的友谊与梦想，也清晰地一一呈现。《深夜日记》是妮莎写给已逝妈妈的心灵低语，是以孩子视角看待国家裂变的客观观察，也是让更多青少年认识苦难、珍惜和平、不坠希望的现实主义之书。

——*张贵勇*
文学博士，《中国教育报》副编审

我们阅读优秀的儿童小说，也是在阅读不同的世界，阅读不同的成长，更是在阅读勇气、坚毅、善良如何帮助每一段生命旅程。如果我们能倾听《深夜日记》中少女妮莎的倾诉，能跟随《牧羊男孩》中的小主人公布瓦一步一步走在艰辛的旅途中，我们也就读懂了他们的内心。比起一波三折的情节，更波澜壮阔的永远是内心的世界，在这里才能找到朝圣的路，家的归宿。这才是我们应该从优秀的儿童小说里获取的最重要的力量——比阅读和写作的技巧重要一百倍，那是成长的力量。

——*张弘*
儿童文学作家，魔法童书会创办人

读过一本书，哭也好，笑也好，都是可能的。但是读完了一本书，还能默默地想了一会儿才是最理想的。我以为《深夜日记》就是这样一部优秀的儿童小说。我在时代和历史中看到了儿童的成长。童年与时代就这样在一部书里完美地结合了。它会给读者留下深深的印象，让我们在惋惜和苦难中看到人类的命运与善良。

—— *张之路*
著名作家、编剧，中国作协儿童文学委员会副主任
中国电影集团一级编剧

（按姓名音序排列）

献给我的父亲

1947 年 7 月 14 日

亲爱的妈妈：

　　我想，你知道十二年前的今天早上六点发生了什么，对吧？你怎么会不知道呢？那一天，我和弟弟来到了这个世界上，而你却离开了。不过，今天我并不想让自己伤心。我要开开心心的，从头跟你讲这里发生的一切。也许你已经知道我正要告诉你的这些事情，也许你并不知道，因为你可能并没有在天上一直看着我们。

　　我已经爱上十二岁的感觉了。我还从未经历这么"大"的岁数，不过十二似乎是一个很简单的数字，它发音简单，数起来也不费劲。我不知道阿米尔是不是和我一样，在今天这个日子会想起你。我也不知道他对满十二岁这件事，是不是也觉得开心。

　　我们是快七点时起床的。每当我们生日这一天，当六点钟出生的时刻到来时，阿米尔和我常常还在睡梦中。起床后，我们会靠墙站着，我帮阿米尔量身高，他帮我量，我们会用石头在墙上做好标记。每一年我们都这样做，但没有其他人知道这些标记的存在。只要对比一下去年留在墙上的标记，我们就知道这一年我们都长高了多少。阿米尔的身高终于追上了我。爸爸说，有一天，阿米尔会成为我们当中最高的。这真是难以想象。

爸爸送了我一条你的金项链，上面还有一个小小的红宝石吊坠①。从我七岁生日开始，他每年都送我一件你的首饰。现在我已经有了一对金手镯，两枚金戒指，一对镶着小粒祖母绿的金钩耳环，还有这条红宝石吊坠的项链。爸爸说我应该把它们保存好，只在一些特别的场合戴，可最近没有什么特别的场合，我索性把它们全都戴上，再也不摘下来了。我不知道爸爸把这些首饰都放在哪里，每当我生日的时候，准有一件会出现在我的床头，连带着一个深蓝色的镶着金边的丝绒盒子。当我打开这个盒子时，就会看到那蓝色的绸缎衬里微微闪着光，仿佛在冲我眨眼。每次我将首饰取出来后，爸爸都会把盒子再收回去。

说实话，比起这些首饰，我更想要那个盒子。我希望它是完全属于我的，不用再还回去。我可以把自己的旧玩意

---

① 印度小孩出生、过生日或是遇到重大节日时，通常长辈会送给他们珠宝首饰，金银、红绿宝石和钻石等比较普遍。印度人无论穷富都喜欢买首饰、戴首饰。——译者注（后文页下注如无特殊说明均为译者注。）

儿——一颗鹅卵石、一片树叶和一个开心果壳，都放进盒子里，这样它们也会变得很特别，就像被施了魔法一样。也许等爸爸将你的首饰都送给我之后，他就会把盒子留给我了。

我想跟你说说这个我正在用的日记本。它是今天早上卡兹送给我的，他送来时外面还包着棕色的纸，系着一根干草。卡兹从来没有送过我生日礼物。我曾经读过一个英语故事，说一个小女孩在生日的时候收到了一个粉色大蛋糕和许多礼物，每一件礼物都是包着亮闪闪的纸，还用丝带扎着蝴蝶结。我便想起卡兹经常送给我们的那些小礼物：他会在我们的枕头下放几粒糖，或者从菜园子里摘一颗熟透的西红柿，把它切成片儿，用盐腌一下，然后撒上胡椒粉，放在盘子里端给我们……蛋糕和蝴蝶结真的是很棒的礼物，可还有比美味的西红柿更好的礼物吗？

这个日记本的封面是紫色与红色相间的丝绸面料，上面嵌有亮晶晶的小金属片和像镜子似的小玻璃片。里面的纸张又厚又粗糙，有着黄油一样的颜色。我特别喜欢它的是，里面每一页纸都是大片的空白，没有被划分成一行一行的。这是我的第一个日记本。卡兹把它送给我的时候说，是时候开始写了，写下将要发生的事情，而且应该由我来写。他说，大人们都太忙了，根本没工夫，可总得有人去记录将要发生的事情吧。我不确定他指的"将要发生的事情"究竟是什么，但是我决定了，我会坚持每天写日记。我希望我能像写故事书一样,把将要发生的事情告诉你。它会是像《丛林之书》①那种故事,只不过没有动物而已。我希望能写得很真实,这样你就能想象出画面来。我希望能记住每个人说的话、做的事,然后把它们都记录下来。在我写完之前,我也不知道这个故事会有怎样的结局。

卡兹送给阿米尔的生日礼物是五支画画用的炭笔,是的,五支!他还给我们做了可意尔②和普瑞③。我真不知道这世界上还有什么比它们更美味的食物。通常,阿米尔吃东西都特别快,但是他吃可意尔时却非常慢,能多小口就多小口,我觉得他这样做是为了让我在吃完自己那份后,眼巴巴地看着他吃。他还时不时抬起头来朝我笑。我当然是装作不在乎啦。他有时会把甜点留一些给我吃,可是可意尔我连想都别想。

今天我们的动作有些慢了,阿米尔没法慢慢享用他的可意尔,还没等我们吃完,奶奶就把盘子收走了,催我们赶紧去上学。阿米尔就抱怨起上学来,他说他多么希望自己已经

---

① 《丛林之书》(*The Jungle Book*)是英国诺贝尔文学奖得主吉卜林创作的动物故事集,描绘了一个个神秘而充满冒险的奇幻世界。

② 可意尔(rice kheer)是印度常见的一种甜点,主要原料为米饭、牛奶,里面放有豆蔻、藏红花、葡萄干、坚果等。

③ 普瑞(poori)是一种印度油饼,原料通常为小麦粉。揉好的面饼油炸后,外面一层薄薄的皮会膨胀起来,里面为空心。

长大了,能像爸爸一样去医院上班。"这叫'远处的鼓声更好听'。"奶奶总是这样说。她催我们赶紧出门。

我还要告诉你一个秘密,你听了可别生气。阿米尔和我今天并没有去学校。我们去了城外的那片甘蔗地,那里简直就像迷宫,我们在里面转悠了好半天,还掰了几节甘蔗啃。后来我们找到一个有树荫的地方坐下,阿米尔发现了几只小虫子,就开始照着它们画画,我在边上看书。回到城里后,我们还在路边摊买了土豆帕可拉①吃,一边吃,一边在心里祈祷,千万别有人来问我们为什么没上学。路边摊的帕可拉又脆又咸,阿米尔嫌它太咸,不过我很喜欢,因为吃完之后很长时间,舌头仍是麻麻的。

阿米尔恨不得一整天都画画、玩耍,他不愿去学校。只要不用上学,其他什么事他都愿意做。妈妈你知道吗?他的画画得很棒。我不讨厌上学,只是我不想在生日这天抛下阿米尔,让他一个人待着。如果爸爸发现我们没去上课,他会对阿米尔非常生气,但对我,他不会那么生气。爸爸和阿米尔的关系就是这样。可过去不是。以前,爸爸最喜欢阿米尔,我想大概是因为阿米尔说话声音洪亮,总是一副开心的样子,还比我更有趣。可是现在阿米尔不再是小可爱了,爸

---

① 帕可拉(pokora)是一种用面糊裹着蔬菜油炸制成的小吃,通常以土豆、西蓝花、辣椒等为主要原料。

爸对他也就不一样了。

在我们七八岁的时候,阿米尔曾离家出走过。从那之后,他和爸爸的关系就变了。事情是这样的。累了一天的爸爸从医院回到家里,吃晚饭的时候,他告诉阿米尔不要笑个不停,那样看起来很傻。可是阿米尔却笑得更起劲了。

爸爸说:"阿米尔,你读书读不好,还那么贪玩,光顾着画那些乱七八糟的画。你别成天嘻嘻哈哈的,否则将一事无成。"

"也许我走了,你就开心了。"阿米尔说。他等着爸爸再说点什么,可是爸爸没有理他,只是继续吃东西。阿米尔站起来,头也不回地走出了家门。一个小时过去了,他还没有回来。我跑出去找他,我几乎找遍了所有他可能去的地方,菜园子、储物室、卡兹和马荷住的屋子①,甚至连食品柜和爸爸的衣柜我都找了。爸爸装作什么都没有发生的样子。我告诉卡兹哪儿都找不到阿米尔,卡兹告诉了奶奶,奶奶告诉了爸爸,所以最后爸爸还是提着提灯出去找阿米尔了。我躺在床上睡不着,我想,如果阿米尔再也不回来了,我该怎么办。我无法想象,这间屋子里少了阿米尔,我的生命里少了阿米尔,那会怎样。我听见爸爸回来了,我期待听到阿米尔

---

① 在印度,挨着主人的院子或者院子里会有简陋的房屋提供给用人住。

的说话声或者脚步声——但是没有。我抱住我的布娃娃蒂儿哭了起来,不知不觉就睡着了。天蒙蒙亮时,我醒了,而阿米尔躺在我旁边的床上睡得正香。我不知道这一切是否只是我做的一个梦。

"阿米尔,"我站到他旁边,把他推醒,"你去哪里了?爸爸知道你回来了吗?"

"爸爸知道,"阿米尔慢悠悠地说,"我一直往城中心走,不想停下来,可是爸爸找到了我。"

"他发火了吧?"我问。

"那还用说,他总是对我发火。不管我笑还是不笑,他都会生我的气。他不喜欢有我这样一个儿子。"

"不对。"我把手搭在他的肩上。他却扭过身去。我承认,他说得也许没错,爸爸的确爱冲他发火。自从那天晚上阿米尔离家出走后,爸爸看上去总在生他的气,而这仅仅是因为,他还是那个我们熟悉的阿米尔。

今天早上,爸爸将一本书放在了阿米尔的床上。以前我们生日的时候,爸爸只送我一个人礼物(那些首饰),他会带着我去家附近的寺庙做普迦①,我们会献上鲜花和糖果,向神祈祷能有幸福的一年。今天早上爸爸却没有提到做普迦的事。可能明天我们会去吧。爸爸不爱去寺庙,我们只在生日

---

① 印度教中的敬神仪式称为普迦。

和灯节①的时候去，这还是因为奶奶一个劲儿地要让我们去。有时候，爸爸会陪奶奶走到寺庙那里，然后他就在庙门外等着。我却盼着去寺庙。我喜欢闻从燃烧的油灯中冒出的烟气，我甚至喜欢喝寺庙里带着金属味道②的水。温柔的唱诵让我觉得被爱包围，我仿佛能感觉到你就在那里，妈妈，你在看着我们。不过，你不可能会去印度教的寺庙吧。

爸爸送给阿米尔的那本书非常漂亮，是一本很厚的《摩诃婆罗多》③故事集，封面上有烫金的字母，里面还有彩色插图。阿米尔会很喜欢那些插图，但是他不会去读书里的故事。阿米尔说他无法阅读，因为那些字会在他眼前跳来跳去，还会变来变去。爸爸认为他在说谎，他只是为了不写家庭作业才这么说的。但我知道阿米尔没有说谎。我见过他阅读时的样子，他眯起眼睛，脸拧作一团。我知道他有多努力去尝试，他甚至有时候将书倒过来看，但他说这些方法都不管用。我觉得，这是因为阿米尔是一个有点儿神奇的人，所有东西到了他的眼睛里，都会变成艺术。也许爸爸认为，只

---

①灯节是印度的传统宗教性节日，印度教四大节日之一。没有固定日期。大约在每年的 10 月或 11 月，即印度历八月见不到月亮后的第 15 天举行。

②印度教寺庙的水通常装在银制或铜制的罐子里，所以说水会有点金属味道。

③《摩诃婆罗多》是印度古代史诗，也是世界最有名的长篇史诗之一，主要讲述了婆罗多族的两支后裔争夺王位的故事。

要他给阿米尔买一本好书,阿米尔就会好好读吧。

爸爸今天完全没有提起我们逃学的事。真希望我们的校长不会写纸条来告诉他。现在我真感觉有些累了,我得喝完热牛奶赶紧睡觉。阿米尔已经进入梦乡,他的呼吸声听着像是轻轻的口哨声。我认为夜晚是给你写信的最佳时间,因为这个时候,没有人会问我任何问题。

爱你的妮莎

1947 年 7 月 15 日

亲爱的妈妈:

今晚我只能跟你说一件事情,因为我实在太困了,眼睛快睁不开了。爸爸简直气疯了,我就知道他发现我们逃学后会很生气。是阿米尔的校长告诉爸爸的。我学校的校长没有找来。爸爸罚阿米尔坐在墙角那边,不准他吃早餐。阿米尔没有问爸爸为什么不惩罚我，尽管爸爸一定知道我也逃学了。估计是因为我在学校表现很好，而阿米尔的功课却不怎么样。我只吃了一个恰帕提①，把另一个用餐巾纸包了起来，趁没人注意塞进书里，这是要留给阿米尔的。

　　我觉得卡兹是世上最爱我们的人。当然，爸爸也爱我们，这是因为他是我们的爸爸，奶奶爱我们是因为她是我们的奶奶，他们有责任爱我们。但是爸爸太忙了，没有时间管我们，奶奶又太老了，她常常顾不上我们。爸爸每天都得工作，星期天也不例外。可能医生的工作就该如此。很多人感谢爸爸，他们会在我们家门口留下各种礼物，比如鲜花、糖果……我有时候觉得爸爸不像是真实存在的人。他在凉飕飕的早晨出门，不发出一点儿声响。他总是回来得很晚，回家后，他会吻一下正在熟睡中的我，跟我道晚安，如果我恰巧醒了，就会见到他，我觉得自己像是在做梦。

爱你的妮莎

---

　　①恰帕提（chapatis）是一种用未发酵的面粉制作的圆形薄饼，人们可根据自己的口味加入葱、辣椒等。

1947 年 7 月 16 日

亲爱的妈妈：

卡兹总有那么多精力陪我们。他一直都是这样。在我们小时候，大概是五六岁，他干完活就盘腿坐在地上跟我们一起玩。我记得他是阿米尔的第一位板球老师，他就在家门口教阿米尔怎样发球、回击、接球。爸爸从来没有这样做过。卡兹教阿米尔时，我会趴在窗户那儿看，如果阿米尔没有接到球，我就哈哈大笑，反正他在外面也瞧不见我。

我经常在厨房帮卡兹做事，尽管奶奶并不希望我这样做。她说我会嫁给一户好人家，有人会给我做饭，就像卡兹给我们做饭一样。但是这听起来很没劲。我想要快快长大，可以像卡兹那样做很多事。卡兹总乐意让我帮他。我知道怎样筛豆子，怎样用大理石研钵将香料碾碎，怎样将黄油提纯为酥油①，我还会揉面团做恰帕提。我总是很快写完家庭作业，然后悄悄溜进厨房，帮卡兹一起准备晚饭。奶奶还以为我仍旧在做作业呢。卡兹都不用抬头看就知道我进了厨房，

---

① 印度酥油（ghee）是通过将黄油煮沸、过滤而制成的。在印度，人们将酥油添加到各种不同的食物中调味，也会直接放入米饭中食用。

仿佛他能闻出我的味道。他会抓一把豌豆给我，让我在边上剥皮。比起吃，我更喜欢烹饪食物。我总在想，那些苦涩的蔬菜、干豆子、面粉、油和香料，它们看上去那么平淡乏味，卡兹每次是怎么把它们变成美味又热乎的饭菜的呢？

爱你的妮莎

1947 年 7 月 17 日

亲爱的妈妈：

卡兹说得对，我天生就是写日记的料。比起说话，我更喜欢写作。我话很少，基本就只跟阿米尔和卡兹聊天。我感觉跟他们在一起很轻松。如果迫不得已，我也跟奶奶和爸爸说话。但是对着其他人，我怎么也开不了口，好像我的嘴或者大脑的某部分失灵了。我很怕说话，毕竟话说出去就收不回来了。但写作不一样，你要是觉得写下来的文字不能表达你心中真实的想法，就可以擦掉重写。在班上，我的字最整洁，我的作文每一篇都得到了最高分，你应该会为我感到骄傲吧。

阿米尔是个爱说话的人，他还喜欢跑步，总是大声笑啊叫啊。他讨厌写作，却对画画情有独钟。他不读书，也不写作业，在老师眼里，他是个笨孩子，不过他们真应该看看他的画。阿米尔什么都画。有时候，他用深色炭笔画吓人的蝎子和蛇，他把它们每一条腿，身上的每一个隆起、每一处小细节，全都画得跟真的似的。有时候，他一大早就来画还在呼呼大睡的我。自己看自己的画像总觉得怪怪的，不过我还挺喜欢的，这让我感觉自己并不孤单，好像总有人在注视着我。你有没有一直在看着我，妈妈？

有时趁奶奶或爸爸不注意，阿米尔也会画他们，但他只把这些画拿给我看。他也会画卡兹做饭的样子。他常常将水和面粉混在一起，用它们把很多小纸片粘在一起，做成大张的纸来画画。卡兹曾送给他一本画本。不过阿米尔一般都先在小片面粉袋、报纸末端等一切他能找到的材料上练习，练好了才在纸上画。他有一次让我摸了摸画本。画本的纸张白得像云，摸起来如丝绸般光滑。我很好奇，为什么阿米尔是他现在这个样子，而我是我现在这个样子？妈妈，我猜你一定知道。

爱你的妮莎

深夜日记

1947 年 7 月 18 日

亲爱的妈妈：

今天发生了一件特别奇怪的事情。下午，家里来了三个男人。我不知道他们来干什么。当时我正在写作业，阿米尔也在尝试写作业，尽管他主要是在本子上涂鸦。奶奶坐在桌前写信，爸爸在医院上班。那些人来敲门。其中一位是我学校的老师，他总是把自己的灰头发染成红色，胡子也是辣椒粉的颜色。另外两个人我不认识。奶奶望向窗外，然后把阿米尔叫了过去。她让阿米尔和我去厨房跟卡兹待在一起，我们照她的话做了。她看了看四周，才去应门。

我、卡兹和阿米尔从角落里向外偷瞧。那几个人说话声音太小，我完全听不到他们在说什么。接着他们的声音大了起来，我断断续续听到了一些，有的字眼和名字我曾听爸爸跟奶奶说起过，也在报纸的标题上看到过。我在脑子里翻来覆去地想着这些字眼，就像在玩拼图游戏，琢磨如何把它们拼在一起：巴基斯坦，真纳，独立，尼赫鲁，印度，英国人，蒙巴顿勋爵，甘地，印巴分治。

奶奶一直点头。空气中弥漫着烟斗里冒出来的烟味。奶奶想把门关上，可最高的那个人撑着门，不让她关。我不禁屏住呼吸。最后，那几个人走了，奶奶总算把门关上，转过身来。我们从藏身的地方走出来，奶奶一句话都不说。她瞪着眼睛，和卡兹不停给对方使眼色。阿米尔问到底发生了什么。

奶奶挥手示意阿米尔走开，可是阿米尔不依不饶。

"快告诉我，不然我就喊啦。"阿米尔说。

我用手捂住嘴，不敢相信他竟然这么不听话。

奶奶眉头紧锁。"没什么可担心的。"她说，"如果你大叫，我就告诉你爸爸。"奶奶很生气地朝阿米尔晃了晃手指。

阿米尔的肩膀耷拉了下去。卡兹去了厨房。我写好了作业就帮卡兹洗豌豆，又把蒜和姜切成碎末。可是卡兹什么都没告诉我，我看得出他并不想说。

"那些人好像有烦心事，"当我和阿米尔都躺在床上后，我对他说，"我看准是出事了。"

"我知道。"阿米尔说，"我听到他们问我们什么时候走。"

"我们为什么要走？"我问。

"应该和印度马上就要脱离英国有关。"阿米尔说。

我不知道"脱离英国"是什么意思。为什么英国一开始可以统治我们？他们自己国家没有人要他们统治吗？我想起了今天来的那几个人。他们看起来很平静——成年人暴怒前的那种平静。

"还记得爸爸以前总挠我们痒痒吗?"阿米尔侧过身来面向我。

"他很久没挠我们痒痒了。"我说。小时候,爸爸叫我们起床,就会挠我们的痒痒。真奇怪,阿米尔怎么会突然想起这事。我记得自己很努力去喜欢挠痒痒,因为阿米尔就挺喜欢的。阿米尔会仰起头,要求爸爸使劲挠;我则咬紧牙,恨不得把爸爸的手推开。对我而言,挠痒痒的感觉简直像从悬崖上坠下去一样。我问阿米尔怎么会想到这件事。

"我希望他还能像从前那样。"阿米尔转过身去,又背对着我。

他闭上了眼睛,我听到他的呼吸慢了下来。我也会想起从前的爸爸,那时候,他会挠我们痒痒逗我们玩。是爸爸变了还是我们长大了?

爱你的妮莎

1947年7月19日

亲爱的妈妈：

糟糕的事发生了一件又一件。我和阿米尔在步行上学的路上会经过很多地方。我们首先会经过自家门前的院子——爸爸是米尔布尔哈斯市立医院的主治医师，所以政府就给我们安排了居住的地方，一个很大的地方，比我认识的其他人的家都要大：我们有自己的一幢房子，有鸡笼、花园、菜园，还有卡兹和园丁马荷住的两间小屋。到了市中心，我们会经过医院。继续走就能看到一座监狱，那里面关押的都是集市上的小偷之类的人。奶奶说杀人犯不在那座监狱，被关在别处。我经常试着在去学校的路上瞧一眼那些罪犯，只要透过围网就能看到他们。我挺为他们难过的，他们偷东西，一般都是因为太饿了。但犯人里也有大坏蛋，这些人专干坏事，只为了找乐子，就去偷东西或者伤害别人。我想我能看出谁是真的坏人，谁不是，坏人笑起来出奇地夸张，好人则不会。

阿米尔的学校和我的学校紧挨着，一所是政府办的男校，一所是政府办的女校。女校比男校小一些，因为不是所有女孩子都去上学，但是爸爸说读书很重要。今天去学校的路上，有两个年龄稍大点儿的男孩一直跟着我们。这样的事时而会发生。他们有时候追着阿米尔跑,不过一般只是吓唬吓唬他。阿米尔是我认识的人里跑得最快的,总能安全逃脱。可是这次,那两个男孩朝我们扔石头。一颗小石子击中了我的后脑勺,阿米尔拽起我的胳膊就开始跑,他把我带进一条小巷,我们继续跑,穿过这个巷子,又跑过几个花园,来到了一条泥土路上。我们看见一片杧果树,赶紧躲到树后面。

"他们为什么要这样对我们,你做过什么?"我小声问阿米尔。

"我没有!我什么也没做过。"他轻声回答我。

我摸了摸头上被石头砸出的一个包。我们只好走别的路去学校。我们拐进另一条泥土路,再穿过甘蔗地,走了很久,到学校时已经迟到了。放学后,我们一口气跑回了家。来到家门口,我们停下来喘口气,不然奶奶看到,一定会问我们为什么上气不接下气。

"因为我们是印度教徒。"阿米尔说。他环顾四周,接着低声对我说:"现在,在印度的很多地方,印度教徒、锡克教徒、穆斯林①一直打来打去的,只是我们这里暂时还没有那么严重。我听卡兹说的,他把在报纸上看到的消息告诉了我。昨天那些人来我们家,也是因为这个。他们说印度教徒应该离开这里,还不希望卡兹和我们住在一起。"

---

① 穆斯林即伊斯兰教信徒。

"因为他是穆斯林？"我问，可阿米尔没有回答我，他跑进我们的房间画画去了，直到吃晚饭的时候才出来。我想起了那两个男孩子。他们都是穆斯林。只要看看穿着打扮和姓名，就能分辨出谁是穆斯林，谁是印度教徒，谁是锡克教徒。但一直以来，我们大家都住在这座城市，我没有特别在意过宗教。这与印度从英国独立出来有关吗？我实在看不出这两件事之间有什么关联。

有时候阿米尔会知道一些我不知道的事。因为他更愿意跟人交谈，还和卡兹一起去菜市场。他在学校有很多朋友，而且他不太在意自己说出的话是否得当。我真希望我也能像阿米尔那样。除了萨彬，我没有其他朋友。我学校里所有的孩子都在一起玩，没人会去管你的宗教信仰是什么。萨彬是穆斯林，我和她总是一起吃午饭。她的朋友不多，因为她永远说个不停，却从不听别人说话，我倒不介意，我乐意倾听。

妈妈，从来没有人提起你是穆斯林。好像所有人都忘记了。但是我不想忘记。事实是，在我认识的这些孩子里，没有谁的父母是信奉不同宗教的。这一定是特别奇怪的事，所以没人愿意说起。我猜我们是印度教徒，因为爸爸和奶奶是印度教徒。可是，妈妈，我也是你的孩子，你是我生命的一部分，这部分去哪儿了呢？

爱你的妮莎

深夜日记

1947 年 7 月 20 日

亲爱的妈妈：

　　最近我常常想起你。一般生日前后，我都会特别想你。有一次爸爸告诉我，我出生的时候很顺利，阿米尔出生的时候却是脚先出来。阿米尔问过奶奶你是不是因为生他才死的。奶奶叫他闭嘴，别老瞎想这些可怕的事。可我也很想知道是不是这样。但愿阿米尔不要总纠结这个问题。

　　爸爸在书架上放了一张你的照片。照片很大，上面还挂着一个花环。你的头发向后挽成圆圆的发髻，双眼画着眼线。你看起来真像个电影明星。阿米尔长着长长的鼻梁和大大的眼睛，和你像是一个模子印出来的。而我更像爸爸，遗传了他的圆脸和小嘴。妈妈，我真希望自己长得更像你一些。

　　有时，会有一阵子我不去想你不在人世的事实，可不久，哀伤又会袭来。有些事情会勾起我对你的思念，我就会难过很久很久。奶奶从不亲吻我，只习惯拍拍我的手；她给我编辫子，在我生病的时候喂我喝豆蔻牛奶[①]。但那不一样。

[①] 印度人喜欢将豆蔻干籽放入奶和茶中，以增加其香味。

萨彬的妈妈每天都来学校接她放学,她们一起走回家。我在后面看着她们的背影,萨彬的妈妈走起来一扭一扭的,她牵着萨彬的手,萨彬跟她讲自己这一天在学校怎么过的。妈妈,你牵着我的手,会是什么感觉呢?

我对着你的照片说话,你一直注视着我。我问你是不是在某个地方看着我们,是不是觉得阿米尔聪明,是不是觉得我有一天能够当着其他人的面说话,你的眼睛回答我:是的。

爱你的妮莎

1947 年 7 月 21 日

亲爱的妈妈:

卡兹偶尔会跟我说起你。我很少问他有关你的事,生怕那些事讲完就没有了。我希望能慢慢品尝,就好像那是一道大餐。今天下午,我用卡兹的研钵和碾槌碾香菜籽。我先是很用力地将香菜籽碾碎,然后握着碾槌转着圈圈搅动,把它们压平,碾成粉末。香菜籽刚被碾碎,就散发出一股温热的肥皂水般的气味。卡兹切洋葱的时候用牙咬着一根木棍,这样他就不会流眼泪了。

我问他你以前喜不喜欢做饭。卡兹把木棍从嘴里取出来,摇了摇头。"她从来不踏进厨房半步,她喜欢画画,总是跑到房子后院里去画画,连吃饭都要别人提醒。"说完,卡兹又把木棍放进嘴里。我心想,阿米尔也是这个样子。他根本不去细品食物的味道,总是匆忙吃一点东西就走开了,不是去画画,就是去看附近大一点的男孩打板球。妈妈,我希望自己能像你,但我不明白怎么会有人忘记吃东西。卡兹再次取出嘴里的木棍。

"你爸爸很喜欢做饭。你应该是遗传了他。"

我差点儿没惊掉了下巴。爸爸连自己喝的茶都要别人泡。

"在雇我之前,都是他给你妈妈做饭的,来客人了,他们就假装饭菜都是你妈妈做的。你妈妈还会用手指头沾一沾咖喱,让里头的姜黄粉把自己的指甲弄得黄黄的。"

我摇摇头,卡兹说的这些我一点儿都想象不出来:爸爸不光会做饭,还会假装,爸爸和妈妈一起假装,而且这都发生在这幢房子里!

"都是你爸爸告诉我的。"卡兹说,他显然看出了我的心思,然后他又去切那堆绿辣椒,把它们切成小片。

我依旧不相信他。我觉得你一定喜欢做饭,哪怕只是一点点。

"他怎么不把她的画挂起来?"我轻声问。我知道爸爸把画放在他书房的角落里,就在一把木摇椅后面。我有时候会偷偷去看。

卡兹低头看着切菜板说:"我想是因为他看到画会很难过吧。"

我点了点头。

"他们非常勇敢,你知道吗?"他对我说,"没有人敢像他们那样。"

我歪着头,仔细听着。我感觉卡兹压低了声音,像是要告诉我一些重要的事情。

"家里人都极力反对他们的婚事。你爸爸有个老朋友是印度教祭司,同意为他们秘密证婚。他们搬来这个地方,这里住着各种各样的人,大家一贯都很和睦,可是你爸妈刚来的时候,没人理他们,毕竟他们俩的婚姻太不寻常了。"

他又切了一些辣椒,我继续用碾槌在研钵里捣着,尽管香菜籽早就被我捣成粉末了。

"那时候我做工的餐厅关门了,我需要找一份新的厨子的工作。"卡兹说着停下了手里的活儿,但他仍然握着刀,手悬在青椒片上,"我问了好几家餐厅和好几户人家,可是他们都不缺人。我几乎都要绝望了,只好决定去那户遭人嫌弃的人家问问。你爸爸邀请我进去,让我做你妈妈最喜欢吃的阿鲁提可①。他把阿鲁提可端给你妈妈,她尝了尝,眼睛立马亮了。从那以后,我就留在这里工作了。你爸爸是非常棒的医生,他在医院里很快就赢得了病人们的尊敬,周围的邻居们也开始接受他们。事情刚有好转,你妈妈却去世了。那时,他们才搬来这里三年。"卡兹垂下头,清了清嗓子。

我思索着卡兹说的话,它们在我脑中旋转,像一首动人的乐曲,一遍又一遍地回荡着。我不停地想,原来爸爸跟你有这么多秘密——卡兹来之前是爸爸做饭,你和爸爸不顾众人的反对,私下里结了婚……妈妈,如果你还活着,我们的生活会是什么样呢?卡兹告诉我的这些事是我本该拥有的记忆。现在,它们像爆竹一样在我的脑海里炸开了。

爱你的妮莎

---

① 阿鲁提可(aloo tikki)是一种油炸土豆饼,里面放有洋葱、香料等。

1947 年 7 月 22 日

亲爱的妈妈：

艾哈迈德医生今晚到家里来了，他是爸爸在医院的朋友。医院里只有他们两个医生。爸爸主要负责各项检查和手术，艾哈迈德医生负责帮女人们接生孩子。他大概每个月都会来家里一次，和爸爸抽烟斗、玩扑克，总是待到很晚。爸爸只在这个时候抽烟斗。通常我都会听到他们大声谈话，有时还会大笑。爸爸只有跟艾哈迈德医生在一起时才这样开怀大笑。但是今晚，当我躺在床上，透过如幽灵般环绕着的蚊帐，侧耳去听时，我没有听到任何笑声。他们连说话声都很小，我又听到了那些名字：甘地，真纳，尼赫鲁，蒙巴顿。他们还说起了在旁遮普①发生的暴乱、屠杀。

最近奶奶和爸爸也常在晚上悄悄嘀咕着什么。他们坐在厨房里，我听不到他们在说什么，只能听到他们窃窃私语的声音和勺子在杯子里搅动的声音，还有奶奶给爸爸泡茶时拖

---

① 旁遮普是印巴分治前，英国人在印度统治的一个省。分治后，旁遮普分成两个部分，西部属巴基斯坦，东部属印度。印巴分治的过渡时期，该地区发生了大面积暴乱。

鞋摩擦地板的声音。

妈妈，我还想告诉你一个秘密。我嫉妒爸爸，他有妈妈，我却没有。没有妈妈穿着拖鞋给我泡茶。我想知道爸爸是不是也嫉妒我，因为他的爸爸很早就去世了。

今天，我问阿米尔他觉得发生了什么事。他说卡兹告诉他这一切都是真的：英国人同意让印度独立，但有人说印度会分成两个国家，穆斯林在一个国家，而印度教徒、锡克教徒和其他人在另一个国家。我跟他说，这简直太荒唐了，为什么突然间印度要变成两个国家呢？

"我也不知道为什么，但这就是事实。"阿米尔说。

我用力吞了吞口水，把眼泪强忍回去。"卡兹不会离开我们的。我们是一家人，我们要待在一起。"

"你怎么知道？"

"因为妈妈呀。我们也有一半穆斯林血统。"

"嘘！千万别提这件事。"阿米尔厉声对我说。

我很想笑，因为从来没有人让我别说话，但是我没有笑，况且阿米尔说的也不是真的。没人对我们说过不能谈论这件事。如果我想说，会怎样呢，妈妈？如果这是我唯一想谈论的事，又会怎样呢？

爱你的妮莎

1947 年 7 月 23 日

亲爱的妈妈：

今天我醒来时脑袋里全是卡兹，一起床我就跟着早餐的香味往厨房跑去。卡兹在炸普瑞，我站在门口看他。他转过身看到我，示意我过去。我进去后，他递给我一块软面团。我把面团攥在手里一直揉捏着。我深吸了一口气，又长长地呼出来，我问卡兹他是不是就快离开我们了，既然大家要去不同的地方。他看着我笑了，弯下身托起我的脸。他的手油油的，还沾着面粉。我看到他的眼睛瞪大了，眼角泛着泪光，像是马上要哭出来了。他说我就像他的女儿一样，在他心里，我会和他永远在一起。然后他告诉我不要把面揉得太硬，否则炸出来的普瑞会像石头一样。我没有再说话。我是鼓足了勇气才问他这个问题的，我多么希望他能回答我。我不知道自己什么时候才能开口再问。

爱你的妮莎

深夜日记

1947 年 7 月 24 日

亲爱的妈妈：

　　过去，我想到一个人，会想起他的名字、长什么样子或者干什么工作。比如，想到萨希尔，我就会想起他在街角卖帕可拉，但是现在，我一看到他，就会想到他是锡克教徒；哈比卜先生是我的老师，但现在，他是我的穆斯林老师；我的朋友萨彬总是很开心，爱说话，但现在，她是我的穆斯林朋友；艾哈迈德医生是爸爸的朋友，但现在，他是穆斯林医生。我回想所有我认识的人，试图弄清他们是印度教徒、穆斯林还是锡克教徒，谁必须离开，谁可以留下。

　　阿米尔说，印度脱离英国是件好事，但这有什么意义呢？难道自由不是意味着你可以选择你想待的地方吗？也许这都是阿米尔胡编出来的，他有时候会这样。比如他告诉我卡兹给我们做了甜点，可卡兹什么也没有做；他会告诉我爸爸很早就已经回家了，但其实爸爸压根就没有回来。阿米尔觉得这样很有意思。

　　我想去问奶奶，但她向来什么都不告诉我，至少那些重要的事情她不会对我说。她只会对我说，去干你的活吧，去做作业吧。我有一个计划，我想明天早点起床，在爸爸去医院前拦住他。如果爸爸看见我在太阳升起之前就坐在桌边等他，用期盼的眼神望着他，用洪亮的声音跟他说话，他一定会非常惊讶，到时候，他不得不回答我的问题。

爱你的妮莎

1947 年 7 月 25 日

亲爱的妈妈：

今天，所有的事情都不对劲。幸好我可以写日记告诉你这一切。我醒得太晚，爸爸已经去上班了。阿米尔告诉我，在他学校，一个印度教的男生用特别难听的字眼侮辱一个穆斯林男生，我都无法将那个词写下来。他们打了一架，都被罚停课一周。阿米尔说，他们打架的时候，所有印度教男生在一边起哄，而穆斯林男生则在另一边起哄。现在，所有的事情都变了，尽管表面看起来还跟原来一样。我周围全是这样的事，可我不知道该怎么描述，感觉就像是我听到了一种从未有过的响声在空中四散开来。

  我和阿米尔又走秘密小路去学校，这样就不会有人来追我们了。妈妈，我并不想告诉你这些，但是很多男孩都喜欢欺负阿米尔，因为他太瘦了，胳膊跟麻秆儿似的，板球打得也不怎么好，总是坐在角落里画别人。也有一些男孩喜欢他，因为他实在很有趣，但是那些强壮的男孩都不喜欢他。有时候阿米尔会把那些男孩画成恶狠狠的样子，跟怪物一般，然后把画留在地上，任由人们从上面踩过。那些男生总是去追他，但他跑得飞快，没人能逮住他。他也喜欢画女孩，给她们画上长长的睫毛，把她们画得格外漂亮。他最喜欢的女孩叫齐特拉，她是我认识的女孩中最高最漂亮的。放学后，阿米尔会走到她跟前，递给她一张画，然后跑开。她总是把画扔在地上。但我看到她收到画时脸上是笑盈盈的，把画扔掉前，她会先拿在手里看一眼。我感觉比起男孩子，阿米尔更讨女孩喜欢。

  爸爸很晚才回家，回来后就进了房间，连晚餐都没有吃。卡兹只做了一些豆子汤和土豆馅的帕罗塔[①]。我躺在床上

---

  ① 帕罗塔（paratha）是印度的一种抛饼，制作时，先将和好的面团切成小片，然后将面团旋转着向上抛，重复多次，直到面团变成又大又薄的饼坯，然后将饼坯折叠后放进锅里煎。制作时还可以裹入土豆、洋葱等馅料。

想：明天又会发生什么事情呢？妈妈，你知道我现在最期盼的事情是什么吗？我真希望能够跟你待上一天，从近处看看你的皮肤，听听你说话的声音，我还想闻闻你身上的味道，我会记在脑海里，就像我知道爸爸身上总有股医院的肥皂味，还有烟味和他老是装在口袋里的开心果的气味。那样的话，无论是我在写日记时，还是准备睡觉的时候，只要我回想一下，你的模样、声音和气味就会陪伴着我。

爱你的妮莎

1947 年 7 月 26 日

亲爱的妈妈：

阿米尔说现在我们每天都得走秘密小路去上学，在大路上行走太危险。我告诉他这都是他的错，谁叫他总是把追他的那些男孩子画得凶巴巴的。他听了只是笑笑不说话。只要不知道该说什么，阿米尔就会笑。我讨厌走那片甘蔗地，每回从那儿走过我的腿和胳膊都会被划破。我喜欢一边走一边想今天晚餐吃什么，卡兹会做什么好吃的。这能让我的注意力分散一些。有时候，我会琢磨做点什么新奇的东西吃：如果把开心果碾碎，再加入玫瑰味糖浆和甜奶酪搅拌，会是什么味道？把羊肉跟西红柿、奶油、杏子一块炖，会不会好吃？把蒜、生姜根放在酥油里炸，又会是什么味道？我还试着想象大米从我指缝里滑落的感觉。

我对阿米尔说，如果把妈妈的事告诉学校的同学，也许我们就可以跟所有人做朋友了。也许那样我们就能留下来，不必离开了。

"妮莎，这是你说过的最蠢的话。也许你应该永远把嘴闭上。"阿米尔对我说。

妈妈，我猜你也许不想听到下面的事。我朝阿米尔的脚指头上吐了口水，然后跑回大路，一个人走回了家。我太害怕了，一路上连大气都不敢喘。不过并没有人来追我，尽管我看到那几个不喜欢阿米尔的男孩就在马路对面。我突然明白了，他们之所以来追我们，都是因为阿米尔画的那些无聊的画，还有他那张爱乱说话的大嘴巴。他们讨厌的人不是我。我自己一个人走，反倒更安全。

爱你的妮莎

1947 年 7 月 28 日

亲爱的妈妈：

　　真的很抱歉，昨天我没有给你写信把上次发生的事情讲完。我需要让自己平静下来，就像一锅煮沸的豆子汤，得凉下来才能吃。

　　那天我撇下了阿米尔，先回到家后就去了厨房。我坐在凳子上看着卡兹切菜、研磨香料。他问我要不要切秋葵，我摇了摇头，因为我讨厌秋葵，它有一股湿泥巴的气味，我实在搞不懂为什么会有人喜欢这种蔬菜。卡兹问我是否想碾胡椒，我又摇了摇头。卡兹耸耸肩，递给我一个恰帕提。我一声不吭地吃起来，阿米尔说我该"闭嘴"，他让我不要说话，也许他是对的。也许这样，一切都会变得更简单。一个小时过去了，阿米尔还没回来。说不定那些男孩找到了他，揍了他一顿，他现在躺在地上起不来，想到这里，我的呼吸变得急促起来。如果他受伤了，一个人躺在地上流血呢？如果这都是我的错呢？现在该怎么办？

　　我开始冒汗。我张开嘴，又合上嘴，又张开嘴，结结巴巴地把那些男孩的事情，阿米尔画的画，我们的秘密小路，还有我们今天为什么走不同的路回家，统统告诉了卡兹。不过我没有告诉卡兹阿米尔对我说的那句话。

卡兹把研钵和碾槌放下，解开了围裙。

"还好你告诉了我，妮莎。"他抓起我的手，紧紧握住，让我告诉他怎么去那条小路。

我们告诉奶奶要去菜市场，不过这听起来不太可信，因为我从来不跟卡兹去菜市场。还没等奶奶反应过来，我们就出门了。我们走过泥土路，穿过甘蔗地，一直走到学校，却连阿米尔的影子都没看到。

卡兹说得把这事告诉爸爸。我使劲摇头，咬着嘴唇，强忍住泪水。但是我还是控制不住自己，眼泪止不住地往下流。卡兹拉着我朝医院跑去。

我们踏进医院大门。我一直都不喜欢来这里。医院里有股气味，那是一种混杂着酒精味、鲜花的香气、呕吐物的臭味和尿骚味的气味，说不清是干净还是脏。医院里不是白色就是棕色：大楼外墙是棕色的砖头，医院里面是浅棕色的水泥地面，墙是白色的，床单也是白色的。我不喜欢看到病人，老人们躺在床上，拽着护士的衣袖不停呻吟。还有更糟的——我说不定会看到一个跟我年纪一般大的女孩，面黄肌瘦，眼神空洞，靠在妈妈身上等医生来。我不知道她为什么会进医院，而我却好好的，能跑、能笑，吃什么都很香。医院里总有人死去。阿米尔喜欢来医院。他总是跑来跑去的，给那些生病的老太太送花。他和我不一样，他不害怕见到病人。

一位护士朝我们走过来,卡兹告诉她我们是来找爸爸的。她让我们在过道里等。爸爸过来了,他站到我们面前,把双臂交叉在胸前,低头看了看我,然后才开口说话。

"你怎么来了,妮莎?"他终于说道。

"是为了阿米尔。"我小声说。有个护士站在我们旁边叠床单。

"我听不到你在说什么,妮莎。"他的眉毛皱成一团,通常他在生气之前就是这副表情。

"他不见了。"我盯着自己的脚,尽可能大声说。

"我知道了。"爸爸说,"不过他不是这么跟我说的。阿米尔!"

当爸爸喊出阿米尔的名字时,我猛地抬起了头。只见阿米尔挂着拐杖一瘸一拐地从一间病房走了出来,他的脚上绑着绷带。我跑过去拥抱他,但他没有回应我。

"他们打了你吗?"我悄悄在他耳边问。

"有人打你?"爸爸问。

我和阿米尔四目相对。我不知道他是怎么跟爸爸说的。

"没人打我!"阿米尔吼了一声,哭了起来。

"是谁?"爸爸追问。

"几个穆斯林男孩。"阿米尔抽泣着回答。

"别哭!"爸爸厌恶地说。他不喜欢我们哭泣。我印象中，每次我们哭，爸爸都会很生气，甚至会掉头走开。

我朝卡兹那边望去，却没见着他。他走了？我眨了眨眼睛，确定自己没有看错。

"他们没有打我，我跑掉了。"阿米尔边说边用手背使劲揉着眼睛，他深吸一口气，挺起胸膛，"我比他们跑得快，他们每回都跑不过我。"

"这么说，他们以前追过你？"爸爸问。

阿米尔点点头。

"妮莎，这都是真的吗？"爸爸又问。

"是的，爸爸。"我回答道。

"你做了什么招惹他们的事吗？"爸爸问。

阿米尔的脸唰地红了。"没有，爸爸。"

阿米尔并没有说出全部实情，但我不敢告诉爸爸。这次同以往不同，他们以前只是追我们，朝我们扔石头，那不过是男孩子常会做的恶作剧，可现在，气氛中夹杂着一种难以说清的愤怒。我不知道这是怎么了。妈妈，真希望你能解释给我听。我越来越害怕去问别人那些我很想知道的事情。

爱你的妮莎

1947 年 7 月 29 日

亲爱的妈妈:

　　昨天夜里,我刚睡了几个小时,阿米尔就把我叫醒了。他撩起我的蚊帐,爬到我床上,躺在我旁边。他的身体温热又干燥,不像我出那么多汗。

　　"想知道这是什么感觉吗?"他说着抬了抬自己那只被蝎子蜇肿的脚。一轮满月低低地挂在空中,皎洁的月光洒进窗户,仿佛夜空里升起了银色的太阳。我点点头,试图驱赶睡意。

　　"我想甩掉那些男孩,就跑进了一条巷子,结果我脚下一滑,凉鞋掉了。我这才注意到脚踝上有一只蝎子。我抖抖脚想把它甩下去,它却蜇了我一下,我感到全身像是被电击了一样。我当时以为自己要死了,但不知道为什么我并不害怕。"

　　"疼吗?"我问他。

　　"后来脚肿了起来,我才感觉到疼。"他小心翼翼地把脚放下来。

　　我转身面对他。"对不起,丢下你一个人。你觉得那些男孩真的会揍你吗?"

阿米尔耸耸肩。"那我就一直跑呗。但愿在我的脚完全恢复之前，爸爸能让我待在家里。"

我点点头，心里默默地想，一定要说服爸爸允许阿米尔留在家里，直到他能跑。

"你千万别像今天这样突然消失不见了。"我转过身去，面对着墙。

"我能去哪里呢？"他回答道。我们在我的蚊帐里睡着了。以前我们也这样一起睡，但是八岁以后，爸爸说我们得分开睡。如果我们做了噩梦或者遇到像某个人的脚被蝎子蜇肿了的情况，我们就不听爸爸那一套了。一大早，我们迅速回到自己的床上，这样谁也不会发现我们没听爸爸的话。妈妈，有时候我会想，如果你在，家里会不会有不同的规矩呢？

爱你的妮莎

1947 年 7 月 30 日

亲爱的妈妈：

早上我们出来吃早餐时，看到爸爸坐在桌前。我都想不起上一次爸爸在工作日和我们一起吃早餐是什么时候了。我们安静地吃着恰帕提和豆子汤。我一小口一小口地喝牛奶，爸爸一小口一小口地喝着茶。然后，奶奶和阿米尔也开始喝东西，阿米尔喝的时候发出了很大的动静。我们像在弹奏奇怪的乐曲，我差点没笑出来。

吃完早饭，卡兹把盘子收进了厨房。爸爸清了清嗓子，低沉地咳了两声，说："你们暂时不用去上学了，现在外面不安全。我和奶奶会教你们功课。"

我简直不敢相信自己的耳朵。奶奶从来不看书，只是偶尔看看报纸。爸爸从来不在家。他们怎么可能教我们功课呢？但爸爸就是这么说的。阿米尔听到后一下子蹦了起来，高兴得哈哈大笑，跟着突然哀号一声，原来他碰到了自己那只肿胀的脚。他赶紧又坐下来。我好像看到爸爸的嘴角泛起了浅浅的微笑。爸爸搓了搓手，每次他做这个动作，都表示他要推开椅子站起来。我不会让爸爸什么都不解释就这样走掉的。难道仅仅是因为有男孩追着阿米尔跑吗？

我深吸一口气,用清晰且响亮的声音问爸爸,免得爸爸让我再说一遍。

"为什么?"

"什么为什么?"爸爸已经开始起身。

我一时语塞,只是紧闭双唇,感到心跳在加速。我又深吸一口气。爸爸已经站了起来,他看着我,等我说下去。我必须把我想问的话说出来。我很想保持沉默,但我更想知道真相。"为什么不安全?是因为英国人要离开了吗?"我问。话一出口,我就感觉自己的身体轻松了一些。

爸爸坐下来,摸了摸下巴,然后说:"很快印度就会独立,脱离英国人的统治,这是件好事。他们已经统治我们快两百年了,在我们的土地上,把我们当作二等公民对待。但是看起来这个国家即将被分成两半,就像一根木柴从中间被劈开。"说着,他在空中比画了一下,"米尔布尔哈斯不再属于印度,这里将属于一个叫巴基斯坦的新国家。"

我和阿米尔对视一眼。阿米尔大声说了一遍"巴基斯坦"这个名字。

爸爸继续说:"穆斯林联盟的领导人真纳希望有一个穆斯林被公平对待的地方。印度国大党的领导人尼赫鲁想成为印度的第一任总理。甘地希望所有人都能在一起,这也是我所希望的,但多数人跟甘地的想法并不一样。当你把人们分成这样那样的,他们就开始选边站。外面现在很乱,走在路上都让人害怕。我不想让你们受到伤害。"

我点点头,但还是无法完全理解爸爸所说的。难道我们一定要受这些意见不一致的领导人的摆布?人们会听谁的?我想到了甘地。我常在报纸上看到他的照片——一个围着托蒂①,戴着眼镜的瘦小的男人。爸爸说甘地是一个伟大的人,他相信所有不同宗教信仰的人都能在印度和谐地生活。要是人们愚蠢地大打出手,甘地会很生气,但是他不会冲他们大吼大叫,也不会用武力还击。他通过不吃东西表达抗议,直到人们重新和平相处。爸爸说,有很多人崇拜、追随甘地。但我想很多人不等于每一个人。

我们九岁的时候,爸爸曾带着我们坐了一个通宵的火车去孟买见甘地。我记得阿米尔有多讨厌那次火车旅行。为了不让他在车厢里上蹿下跳,跑来跑去地跟每个人聊天,我和奶奶把所有招数都用上了:哄他唱歌,陪他玩扑克牌,塞给他零食吃……爸爸一路上都在读书看报纸。好多个小时过去后,当我们终于到达孟买,却发现那里人山人海,成千上万的人为了见甘地从不同的村子来到这里。我只是远远地望了他一眼,他穿着白色的托蒂,跟大家招手。现在我都怀疑,当时我见到的是不是只是我想象出来的。甘地能解决眼前这

---

①托蒂(dhoti)是印度教男性的传统服装,通常是指一块三四米长的白色布料,可缠在腰间,下长至膝盖处,类似裹裙。

些问题吗？我们真的要离开吗？阿米尔张开嘴想说话，但是爸爸搓搓手准备要离开。

"我已经回答了你的问题。"爸爸说着又搓了搓手，站了起来，出门去了医院。奶奶让我们待在桌前，我们在算盘上练习一些简单的加法，过了一会儿，奶奶的牙齿间开始发出搞笑的嗞嗞声，她才摆手示意我们走开。一想到无法去上学，我就有点难过，身体都觉得沉沉的。我会想念学校的。我喜欢身边有各种各样的人，即便我不想跟他们说话。我喜欢有功课摆在我面前，这样我就能让自己忙起来，不去胡思乱想了。我不喜欢老想着那些我无法理解的事情。

爱你的妮莎

1947 年 7 月 31 日

亲爱的妈妈：

卡兹最近和以前不太一样了。昨天他照例让我帮忙筛豆子，把豆子浸泡在水里，可当我想帮忙碾胡椒粉时，他说那会让我像上次一样打喷嚏，还说我既然不能去上学了，有时间就该多读读书。

不上学，日子就过得特别慢。过去周日像是奖赏，现在每天都像在过周日，我们反倒厌恶这种自由了。今天奶奶让我们写十遍字母表，写完我们就出门了。我从六岁起就练习写字母表，可这对于阿米尔来说并不是件容易的事。他说那些字母在他看来就好像风中乱飞的虫子和摇摆的野草，它们不是静止的，而是在他脑子里动来动去，还不停地变样。他说他只能写下当前看到的东西。我看了看他写的字母，他并没有按顺序写，而是把它们随机地写在纸上，有的写对了，有的写得上下颠倒，有的只写了一部分，有的左右写反了；他还画上了盘旋的蛇和饥饿的蝎子。那真是我见过的最漂亮的图案，我本来还想多看一会儿，可是奶奶走了过来，她牙齿间又发出嗞嗞声。

妈妈，我敢说，这就是你喜欢画画的原因，因为你能看到其他人看不到的东西，就像阿米尔那样。我希望我也能那样。可是我看到的就是展现在我面前的东西，有时候它们显得过于清晰，会刺痛我的眼睛。

爱你的妮莎

1947 年 8 月 1 日

亲爱的妈妈：

我给你讲讲我今天做的事吧。起床后，我吃了一个恰帕提，喝了一碗酸奶，然后坐在桌边帮奶奶叠亚麻餐巾。她让我抄写字母表，我说我睡着觉都能把字母表倒写 100 遍。她打了我的手一下，让我跑去跟阿米尔玩，可四处都找不到阿米尔。不过无所谓，我只是不想再跟奶奶一起在桌旁坐着了。

我看见阿米尔坐在菜园的黄瓜架下，在数黄瓜。他说新长出了27根黄瓜。我们一人摘了一根吃。黄瓜又脆又甜，还被阳光晒得热乎乎的。现在我们只剩25根黄瓜了。

　　我能听到阿米尔嚼黄瓜的声音。我讨厌听到别人咀嚼食物的声音，尤其嚼那些脆的东西。我讨厌听他们吧唧吧唧咂吧舌头。吞咽声最恶心。我会忍不住想象嚼烂的食物慢慢地顺着喉咙向下滑，这简直能让我尖叫。为了让自己不再听到阿米尔的咀嚼声，我也嘎吱嘎吱嚼了起来。外面实在太热，我们只好进屋里，开始睡午觉。没过一会儿，奶奶就把我们叫醒了，让我们打扫卫生。阿米尔不肯，奶奶还来不及把他叫住，他就跑出门了。他准是躲到菜园的小棚屋里了，在那里用锋利的石头在柔软的木墙上画画。他曾经说过，如果哪天我们要搬走，他会把我们的故事刻在墙上。我总觉得我们永远都不会搬家，但是现在谁知道呢！我想象着，日后有一个陌生人来到这里，也许是男孩，也许是女孩，那人一边看着阿米尔的画，一边琢磨着画的意思。

　　有时，我会去看看他又画了些什么。爸爸拿着听诊器，卡兹搅拌锅里的食物，奶奶做针线活，他把这些都画在了墙上，当然还有我和他一起坐在菜园里。那些画非常简单、粗糙。有一幅画画的是阿米尔抬头望着我，我看起来比他高大许多。我不知道阿米尔是不是真觉得自己这么渺小。如果我能画画，我会把阿米尔画得瘦瘦高高，就像一根长树枝，虽

045

然挺拔，但容易折断。我会把自己画得小小的，蜷缩着，藏在阴影里。

我并不介意打扫卫生，我喜欢听扫地的沙沙声——听起来舒服极了。打扫完卫生，我去了厨房，坐在小板凳上，看卡兹切菜、搅拌食物。我深吸了一口气。香菜、蒜、菠菜的气味扑了过来。泡在碗里的鹰嘴豆散发出浓郁的香味。我饿了，于是抓起放在窗台边的萝卜，把它们切开，撒了些辣椒粉，滴上柠檬汁，一块一块放进嘴里，酸酸辣辣的，真好吃。

吃完零食，我站起身。卡兹递给我一罐豆子，让我把坏的挑出来。他始终低着头。

"你生我的气了吗，卡兹？"我小声问他。我觉得小声说话比大声嚷嚷更能吸引别人的注意。

他抬起头，盯着我看了会儿，脸色变得柔和。

"没有，没有。你这么可爱，我怎么会生你的气呢。让我生气的是这个世界。"他对我说。

我想问他为什么，却又感觉知道了答案后我会难过。所以我什么也没说，一心挑豆子，把沙砾、小鹅卵石和坏掉的豆子都拣出来，然后把豆子用水洗干净。我把其中一颗亮晶晶的放进嘴里，咬下去后差点儿把牙硌坏。

晚上，我们吃了我最爱的菠菜塞巴吉①和普瑞，我吃得一点不剩。我觉得这些饭菜是卡兹专门为我做的。他还做了玫瑰奶球②当甜点，好像我们是在举行派对。

我记得我们以前常举办派对。在爸爸的邀请下，我的叔叔婶婶和堂兄妹们都会聚到我们家，一些邻居也会来。爸爸和男士们在露台上抽雪茄或者烟斗。女士们都坐在客厅里，喝茶，吃点心，互相传递着盛有三角炸饺③和烤串的盘子。然后，我们就会享用一顿大餐，有羊肉比亚尼饭④、豆子汤、各种咖喱、普瑞、帕罗塔和帕可拉。除了聚会的时候，我们很少吃肉。看到这么丰盛的饭菜，我的口水都要流出来了。

吃完饭，爸爸就打开他的唱片机播放音乐，所有孩子都跑到外面玩板球，直到玩得筋疲力尽，我们才进屋，直接躺倒在地上。有人会过来往我嘴里塞一块糖，催我去卧室睡觉。举办派对的晚上，大家都很晚才回去睡觉，屋子里弥漫

---

①塞巴吉（sai bhaji）是以蔬菜和咖喱为主要原料制成的糊状酱汁，是米尔布尔哈斯地区的特色食物之一。

②玫瑰奶球（gulab jamun）是印度一种常见的球形甜点，制作时先用小麦粉、奶粉、黄油等揉成球丸状的面团，油炸后再浸入到加了玫瑰水或藏红花的热糖浆里食用。

③三角炸饺（samosa）是一种三角形的油炸小吃，里面包有辣味的蔬菜或肉。

④羊肉比亚尼饭（mutton biryani）是一种用香菜、豆蔻等多种香料和羊肉做成的米饭。

着笑声和说话声,我甚至可以想都不想就跟堂兄妹们聊天,毕竟我的声音会溜进其他人的声音里。像这种时候,我会让那个平时藏在内心深处的自己跑出来,露出别人都不知道的一面。

后来我和阿米尔长大了一些,爸爸就不再举办派对了。我不知道为什么。从前的爸爸更快乐,或许我说得不对,是从前的我和阿米尔更快乐。事实究竟是怎样,我也说不清。

今晚,当我们吃玫瑰奶球时,我就假装我们是在举办派对,玫瑰糖浆把我的舌头弄得痒痒的,但我舍不得一口吞进去,尽可能慢地品尝着。睡觉前,我找阿米尔下棋。

爸爸走进来亲吻我们、跟我们道晚安时,我还能闻到甜点在他嘴唇上留下的玫瑰香味。他也最喜欢吃这道甜点了。我翻过身,在他耳边小声说:"爸爸,我们什么时候能回学校?"阿米尔在他的床上坐了起来,看着爸爸。然而爸爸只是拍了拍我的头,走了出去。我不常问问题,所以对于我仅有的一些问题,他应该回答我才对。他应该感激我,我不像阿米尔,每五秒钟就问一个问题,虽然爸爸多半也不回答。

爱你的妮莎

1947 年 8 月 2 日

亲爱的妈妈：

今天我和阿米尔在家下棋时听到外面有人大喊。声音从很远处传来，我们起先并没有太在意。真的非常奇怪，阿米尔连一个完整的句子都写不出来，下起象棋来却很厉害。我一直觉得他很聪明，这就是其中一个原因。他每盘都赢，但我还是喜欢挑战他。我想总有一天我也能赢一盘，毕竟我已经越下越好了。我知道阿米尔很不好意思总赢我。他常说："将——对不住了。"我告诉他不要在意。我觉得这样很好，我在学校里表现比他好很多，而他在下象棋和绘画方面比我厉害。爸爸在阿米尔六岁的时候就教他下象棋，后来爸爸没有时间陪他玩了，阿米尔就教我下棋。我猜肯定是阿米尔开始赢爸爸了，爸爸就不愿意跟他下了。

我们还在下棋，外面的喊叫声越来越大。我还是听不清楚人们在喊什么。我和阿米尔跑到窗边去看，只见几个人手持火把往山坡上走。奶奶放下手里的针线活，站起来把我们从窗边拽回来，带我们进了厨房，又把我们推进食品储藏室里。我站在几大罐米边上，脸几乎碰到了身旁放食品的架子，一股浓郁的桂皮味扑鼻而来。卡兹回他的小屋睡觉去了。奶奶厉声叫我们老实待着,她跑出去灭掉了客厅里的提灯。她回来的时候气喘吁吁的,拉着我们一起躲到角落里。她把一块旧桌布罩在我们身上,然后开始祈祷。我们蹲在那里,奶奶来回晃动,向梵天、毗湿奴、湿婆①祈祷。

忽然有人嘭嘭敲打前门。我在黑暗中抓住阿米尔的手,他也紧紧握住我的手。他的手又冷又湿,摸起来像一条鱼。那些人继续用力敲门,跟着只听嘭的一声,门开了,有人闯了进来,那些人在屋里走来走去。我们听到了东西被摔在地上的声音,先是一只碗,接着是提灯,最后连桌子也被掀倒了。阿米尔的手变得更凉了,但我始终握着他的手。

过了一阵,声音消失了。一切都安静下来后,我们又等了好一会儿。跟着,我们听到卡兹在喊我们。我刚才连大气都不敢喘,此时终于长长地舒了一口气。我们挺直身子,从储藏室的角落里走出来。卡兹的眼睛睁得大大的,血像蜘蛛一样顺着他的脸向下流。我看了直想呕吐,赶紧扶住墙让自己站稳。奶奶快步去厨房取了一块干净的毛巾,她让卡兹坐下,把毛巾紧紧缠在他的头上。我从来没见过奶奶的速度那么快。她一定和我一样爱卡兹。

我和阿米尔点上几根蜡烛,又把一盏没坏的提灯点亮,我们扶起被推倒的桌椅,扫干净地上的提灯碎玻璃片,把书

---

① 梵天、毗湿奴、湿婆是印度教的三大主神。

放回书架。我在厨房里还看到卡兹最喜欢的一只大陶碗被打碎在地,他总是用这只碗盛切好了的蔬菜,还会用它和面粉。我捡起一大块碎片,走到他椅子跟前蹲下来,哆哆嗦嗦地递给他看。

"没事的,妮莎。"他说着拍了拍我的胳膊,"我们可以再买一个。"我点点头,转过身去收拾地上的碎片,我一直背对着卡兹,这样他就看不到我在流眼泪了。我悄悄地把一块小碎片放进了口袋里。

打扫完,我们一起坐在桌前,但是没人吭声,也没人去睡觉。奶奶不时检查卡兹的头,他的伤口已经不再出血了。终于,爸爸回来了。他目不转睛地盯着坐在餐桌旁的我们,还眨眨眼睛,好像以为自己看到的是幻觉。还没等爸爸开口,奶奶就把事情经过告诉了他。

他点点头,脸上十分严肃,眼神呆滞而疲倦。他走过去检查卡兹的头。

"得缝针才行。"他平静地说,"阿米尔,帮我把医药箱拿来。"

阿米尔拿来了医药箱,爸爸开始用酒精给卡兹清洁伤口。卡兹疼得直咧嘴,倒抽着冷气。我和阿米尔目瞪口呆地看着爸爸给他打了麻醉针,用粗粗的黑线开始缝伤口。看着针扎进卡兹的皮肤,我的胃里一阵翻腾。我不忍再看下去,阿米尔却走得更近,爸爸开始解释他做的每一个步骤。阿米尔挺起胸，认真听爸爸说的每一个字，一边听一边骄傲地点着头。阿米尔喜欢看爸爸给病人治病，但是我讨厌看见血和针。我揉揉自己的额头，感觉额头上和卡兹伤口相同的部位在抽搐。

"妮莎，阿米尔，你们该去睡觉了。"爸爸给卡兹缝好伤口后，坐到自己常坐的大椅子上，对我们说，"我还有事和奶奶商量。"奶奶走过去坐在她常坐的椅子上。

"到底发生了什么？"阿米尔把双手插进自己的头发里，大声喊道，"是谁把卡兹打伤了？如果刚刚他们发现了我们，我们都会死吗？他们是来找你的吗，爸爸？"

爸爸瞥了一眼阿米尔。"找我？我做了什么？每个人都疯了，仅此而已。这本来应该是历史上一个美好的时刻。印度马上就要成为独立的国家了，但是我们都在做什么呢？我们到底都在做些什么？"爸爸摇摇头，不说话了。他揉了揉眼睛。奶奶走过去，把一只手放在爸爸的肩上。

"有时候，你熟悉的世界决心要变成另一个样子。现在，我们的命运就是如此。"爸爸边说边揉眼睛。

奶奶站在爸爸身旁，提高了嗓门对我们说："不用担心，有我们在，你们就很安全。"

我和阿米尔点点头。要是那些人在储藏室里找到了我们，会发生什么事？在这之前，我从没想过会遇到危险，我一直觉得自己是安全的。

"当然，当然。"爸爸抬起头说，他露出轻松的表情，"我们总是有办法的。"说完，他让我们回房间。

我和阿米尔面对面盘腿坐在他的床上，我们都吓坏了，根本睡不着。我感到恐惧，这种心情甚至有点像兴奋的感觉，但是我知道这不是兴奋。

"我们的命运？"我问阿米尔，"爸爸说的是什么意思？"

"我猜他说的是，到最后人们会打起来。"

"有时候，我和你也打架呀，但我们会和好。"我满怀希望地说。

"那是因为我们是一家人。我们拥有的就只有彼此。"

我捡起他床罩上一根松散的线头。

阿米尔继续说："你觉得来家里的那些人是穆斯林还是印度教徒？"

"我不知道。"我说。

"如果是穆斯林，他们为什么要伤害卡兹？我们究竟跟谁一边呢？"

"我们必须要选一边吗？"我问。

"我觉得那样会比较安全，这样一来，你就能知道谁是你的敌人了。"阿米尔说着，把双臂紧紧交叉于胸前。

"要是哪边都不选，我们不就没有敌人了吗？"

"这可行不通。"阿米尔说。

"甘地一定会支持我的想法。"我告诉阿米尔，"我觉得我们大家都是同一边的，英国人才是另一边的。我们为什么要自己人打自己人？"

阿米尔歪着头，他还在想今天的事。我也想知道闯进我们家的人是谁，可即便我知道答案，也改变不了什么。

我只知道，我、阿米尔、爸爸、奶奶，还有卡兹，我们是一边的。现在，世界显得那么小。而我的世界里甚至没有你，妈妈。我希望我这样写信给你，就可以当作你一直都在我身边。你有没有在听呢？真希望你能给我一点提示。

爱你的妮莎

1947 年 8 月 3 日

亲爱的妈妈：

今天我醒来后，看到卡兹在厨房里揉面团。他给了我一小团，我便用手指揉捏起来。我注意到卡兹头上还绑着绷带。我把面团揉成一个小球,再把它压扁,压成薄薄的圆形。卡兹轻声哼着小曲。

"卡兹!"我小声说,但还是忍不住提高了嗓门,"到底是怎么回事?我已经十二岁了,不管出了什么事,我都该知道。"

他看着我,脸上的表情完全变了。他咧开嘴笑了起来。我几乎可以看到他嘴里的每一颗黄牙。"我的岁数是你的四倍,但我感觉我什么都不知道。"

我把手里的面团放在厨房台面上,不停地捶打,这样我就听不见自己在想什么了。卡兹抓住我的手紧紧握住。"别这样,妮莎。你会伤着自己的。"

我跑回自己的房间,抱拢双膝蜷缩在角落里。我盼着卡兹能来找我。我等啊等啊。如果他来,就说明他是爱我的。但他没有来,我一直哭到吃早饭的时候。

我来到餐桌边,爸爸、奶奶、阿米尔都在,就是不见卡兹。爸爸只顾盯着自己的食物,这意味着大家最好别出声。我们就这样安静地吃完早餐,然后我收起我的盘子,放回厨房。过了一会儿我和阿米尔去外面玩,我们看到卡兹在菜园里摘菜。我拉着阿米尔绕到房子后面。我问他为什么卡兹什么都不肯告诉我。

"我只是想知道谁打了他,为什么打他。"我说。

"我听说就在离这儿不远的地方,有些穆斯林的房子被人烧了。可能他们很生气。"阿米尔一边说一边弯下腰,扯断了几根草。

"所以每个人都要去烧别人家的房子吗?"我问。

"我不知道。"阿米尔手一抬,把草扔向空中,我们看着草飘落在地上。

一股我从未体会过的愤怒涌上我的心头。就让那些疯子烧吧,全都烧了吧。让他们烧了我们的菜园,烧了医院,还有你的画,妈妈,让他们全烧了吧,就好像这一切从未存在过。我们会去一个新的地方,一个会让所有人都快乐的地方。在那里,各种各样的人都能愉快地生活,人们可以有不同的宗教信仰;爸爸不会早出晚归,奶奶不会像现在这样常常犯糊涂,而且她的牙齿间也不再发出怪声;我可以安全地去上学,只要我愿意,就可以跟卡兹一起在厨房里做好吃的;在那里,我还有你,你会牵着我的手送我去上学,也没人介意你是穆斯林而爸爸是印度教徒,我和阿米尔可以从心底里既向着你,又向着爸爸,我们不用选择哪一边;在那里,阅读和写字对阿米尔来说不再是难事,而我也可以轻松地在人们面前说话,我还会有许多好朋友。如果是这样,就算这里的一切都烧成了灰烬,我们也不会难过,因为我们可以去那个新地方。

爱你的妮莎

1947 年 8 月 4 日

亲爱的妈妈：

现在是半夜，我醒了后就再也睡不着了。我梦见你还活着，你走进我的房间，挨着我躺在我的床上。你看起来是如此真实。你的头发很长，蓬松地披着，身上穿着一套翠绿色和金色相间的沙瓦克米兹①。我摸了摸你，你朝我笑了。你说要带我去你最喜欢的那颗星星，我们可以从那里往下看，看到整个世界。你抱着我飞入空中，飞向一束亮光。但我什么也看不见，然后你消失了，只剩我一个人留在那束光里。我醒来时出了一身汗，感觉很恍惚。妈妈，你来看我了，对吗？我太高兴了，现在我能确定你一直在听我说话。

爱你的妮莎

---

①沙瓦克米兹（salwar kameez）是印度、巴基斯坦常见的女性服装，可日常穿，也可在节日或出席活动时穿，上身是长及膝盖的外衣，下身是裤子，还包括披在脖颈上的纱巾。

深夜日记

1947 年 8 月 5 日

亲爱的妈妈：

今天一天都怪怪的。卡兹把食品储藏室里的东西都拿了出来，一罐罐扁豆、干豌豆、大米、面粉和各种香料，一样都不剩。他把厨房里的锅碗瓢盆也都拿出来了。他用抹布沾上水和醋把厨房台面擦干净，然后把那些东西全都摆在上面，像是随时要把它们打包带走。这意味着我们要离开了吗？一想到这个，我就觉得脑袋昏昏的。

爸爸今天很早就回家了，他和我们坐在一起，跟我们轮流下棋。阿米尔下赢了他，但他没有生气。之后，他拿出那本故事书《摩诃婆罗多》，读给我们听，读了很久很久。他的声音和以前不太一样，更响亮，却有些悲伤。他读得很慢，但不停顿，在该停的地方也不停。

"爸爸怎么了，为什么给我们读这本书？"爸爸走后，阿米尔问道。我躺在自己的床上，眼睛盯着天花板上那长长的波浪形裂缝。我举起一根手指，在空中描画着那条裂缝。爸爸读书给我们听，这是第一次。事实上，除了学校的老师给我读过课文以外，从来没有人读书给我听。我们小时候，奶奶会唱歌给我们听，跟我们讲她小时候听过的故事，但她从来没有翻开一本书来读给我们听。也许爸爸在我们很小的时候给我们读过书，但我们不记得了。

"他很孤独。"阿米尔说。也许他很孤独，也许他也很害怕。我常常感到孤独。但我原以为大人是不会有这种感觉的，特别是爸爸，他在医院里每天和那么多人在一起。但听到阿米尔这么说，我才意识到这个说法非常准确。每一天，我都能透过爸爸呆滞的眼神和耷拉着的肩膀，看到他的孤独。我为他感到难过。他一定非常思念你，妈妈，他的思念和我的不同。他思念和你在一起的时光，而我思念不曾和你一起度过的时光。他一定记得你还在时这栋房子里的味道，记得房间里弥漫着的你的声音，记得你画画的样子。而当我和阿米尔在这房子里吸着奶瓶，哇哇大哭，在地上爬来爬去时，你已经不在了。

"他也许还会给我们读书。"我说。

"也许吧。"阿米尔回答。

"他得多练练才行，他读得不好。"我说。

"是的，很糟糕。"阿米尔说话的时候，眼睛里闪着兴奋的光。我们都用手捂住嘴咯咯笑了起来。也不知为什么，想到爸爸读起书来那么糟糕，我们就很开心。我猜爸爸是不是和阿米尔一样，在阅读认字方面特别费劲。但那不太可能，他可是医生，读过很多医学书。我希望他还能读书给我们听。

爱你的妮莎

深夜日记

1947 年 8 月 6 日

亲爱的妈妈:

　　我有很多事情想告诉你！我每一件都想跟你说，今晚我可能不用睡觉了。今天我许了个愿，希望能成为一名歌手。卡兹带我们去了菜市场，叮嘱我们紧跟在他后面。我很少去菜市场，一般都是阿米尔跟着卡兹去。我一直不明白，为什么女人和女孩不多去菜市场转转呢。那里明亮、热闹，叫人很兴奋。今天卡兹不想把我们留在家里，所以连奶奶在内，我们都去了菜市场。我们紧紧跟着卡兹，他带着我们在市场里转来转去，买了几个黄色的南瓜、一袋土豆、一些豌豆——我们菜园里的都摘光了，还有一小包孜然，一些蒜、生姜和姜黄根，卡兹还给我和阿米尔各买了一串冰糖。看到卡兹买了土豆和豌豆，我就知道他要做三角炸饺，他很少做这道菜。菜市场里有各种各样的声音，有小贩的叫卖声，小孩子的哭声和笑声，还有干香料、豆子和大米被哗哗倒进袋子里的声音。我们碰见一群男孩在演奏音乐，他们看起来比我大不了多少，但我以前没见过他们。有一个男孩在弹西塔尔[①]，

　　[①] 西塔尔（sitar）是演奏印度古典音乐时用的一种拨弦乐器。

一个在打塔布拉①,还有一个在吹班苏里②,打塔布拉的男孩同时也在唱歌。

那个男孩子很瘦,长得浓眉大眼的,眼睛乌黑发亮,他的嗓音清脆而高昂,像冷冽的流水。不知道他们是常在市场歌唱,还是偶尔才来一回。人们都围在他们周围看。音乐像波浪一样在越聚越多的人群中漾开。烤腰果的味道和熟透了的杨桃的香味在市场里飘散,如同在随着音乐声翩翩起舞。如果我能像这个男孩一样唱歌,用歌声改变周围的气氛,把愉悦送进人们的耳朵里,那该多好啊。歌声净化了这个地方,仿佛一切都和以前一样。真是如此吗?我在那儿听了很久,不想跟这种美好的感觉告别。卡兹准备走了,阿米尔和奶奶只能把我拽走。

到家后,我随卡兹进了厨房,我用力扯了一下他的衣服,他转过身来看着我。今天我一点也不想说话。我想安安静静地回味那几个男孩的表演。我怕自己说出的任何一个字眼都会让刚刚的记忆褪色。卡兹递给我一个碗,指导我倒入适量的面粉,我开始和面。他给我演示如何将面团压成圆形,再切成两半,往每一半中间放上一勺豌豆和土豆。然后

---

① 塔布拉(tabla)是一对手鼓的统称,常见于印度古典音乐的演奏中。

② 班苏里(bansuri)是演奏印度古典音乐时用的一种竹笛。

他教我怎么把馅包起来：先在面团边缘沾上一点水，再把几个角捏在一起。每一个三角炸饺都像一只小动物，摸起来软软的，暖暖的。我们安静地干着活，我负责把土豆和豌豆填到面皮里，卡兹把它们炸成金黄色。

"你爸爸明天要举办派对。"卡兹告诉我，"把你的漂亮衣服准备好。"他抬起头，脸上挂着汗珠和溅起的油星。

我觉得卡兹是在开玩笑。派对？现在我们不是应该害怕和难过吗？怎么可能举办派对？我得去告诉阿米尔。我看见他坐在花园里，正把绿色的小甲壳虫放进他挖的洞里，准备将它们活埋。

"你太坏了。"我说。

"它们能爬出来，我喜欢看它们拼命往外爬。"

"可是，如果它们爬不出来，就会死掉！"我喊道。

"它们不会等死的，"阿米尔说，"它们会努力想办法。"

"家里要办派对了。"在看到一只甲壳虫奋力爬出洞后，我终于开口道。

阿米尔跳了起来，一边说一边跳，他总这样。阿米尔说他早就知道了，他早上看到爸爸拿出了茉莉熏香。爸爸说过，办派对之前，要在房子里先点上熏香。

我问阿米尔，爸爸为什么要在这个时候举办派对，他也不知道。我们跑回厨房去问卡兹，卡兹说爸爸回家后会告诉我们的。阿米尔和我像两条孤单的小狗那样坐在家门口等爸爸。我看书，阿米尔画小甲壳虫从洞中爬出来的样子。我们听到石子路上传来了爸爸沉沉的脚步声。

"爸爸，爸爸。"我们喊着奔向他，"为什么我们要办派对？"

他笑着看着我们。然后他伸出手捋顺了我的头发，我的手臂上立刻冒出了鸡皮疙瘩，爸爸从没有这样过，除了偶尔会在睡前亲亲我的额头，他从未和我这么亲近。

"我想见见我们的朋友和家人，有很久没见他们了。"他说。然后，他坐到厨房的椅子上，招呼我们也坐过去。奶奶转身去泡茶。爸爸笑了笑，我们也冲他笑了笑。他问我们在学校过得怎么样。我们告诉他因为他不让我们去上学，我们就没再去过学校了。

"可不是，瞧我多傻。"爸爸脸上露出了十分悲伤的表情。

"我们很快就要离开这里了。"他一边喝茶，一边对我们说。我并不惊讶，我已经看出端倪了。但当这个消息真的像一个锤子一样沉入我的脑海，我感觉到我的下嘴唇在颤抖。爸爸又喝了口茶，我们等着他继续说。

"很多人都要走。有些人无论如何都想留下来，但我有你们两个。"他说着看了看我和阿米尔，"那天晚上我才意识到，我们现在并不安全，情况只会越来越糟。"

"大家为什么要打架呢，爸爸？"阿米尔问。爸爸往后坐了坐，他几乎让自己陷在了椅子里，然后开始跟我们讲一些从未跟我们说过的事。我现在尽量把他说的每一句话都记下来。

"每个人都认为自己是在保护自己这一边的人,但我们都是人,不是吗?我以前没告诉过你们,当时我娶你妈妈,就惹怒了很多人。"说完,他的眼睛睁得很大,流露出警觉的神色。

我咽了咽口水,尽量一动不动,连眼睛都不眨一下,我怕任何一点响声都可能打断爸爸,他就不会再讲你的事了。爸爸清了清嗓子,有些出神。我没有忍住,眨了一下眼睛。接下来是一阵沉默。我还在懊恼自己为什么要眨眼睛,爸爸就又说了起来。阿米尔和我一样,一动不动地听着。

"你们的妈妈是穆斯林,我是印度教徒,我们的家人都不赞成我们结婚。我们只好搬到这里,离他们远远的,让他们自己吵个够。我们有很多穆斯林朋友、邻居,可是当印度教徒要和穆斯林结婚时,问题就严重了。很多人都是这么想的,但我不一样。医院里只要来了一个病人,我就会给他好好看病,不会去管他是谁、信奉什么宗教。当我给他们做手术的时候,我看见的是血、肌肉和骨骼,所有人都是一样的,甘地也是这么说的。真纳和尼赫鲁却因为宗教要把印度分成两个国家,他们要把印度切成两半。"爸爸一边说,一边做出切割的手势。

他又继续说道:"我家里人为我介绍了很多印度教姑娘,我都拒绝了。他们不明白这是为什么。我学习很好,将来会成为一名医生,所以有很多人跑来跟我父母说亲,我父母也希望我能看中某个姑娘。我以前在一个板球队打球,你们的妈妈和她的朋友们放学后来看我们打球,我就这样认识了她。她比我小,当时只有 18 岁。我那会儿已经在医学院学习了,放学比较早,一放学我就去打板球。有一天我好像看到她对着我笑,我望向她时,她却不笑了。但是,我用眼角偷偷瞄了一下,确定她在对我微笑。

"有一次她看完板球比赛准备离开时,不小心绊了一跤,手里的书撒在地上。我不由自主地从赛场上跑过去帮她。她说她的脚崴了,我就帮她拿着东西,送她回家。她的朋友们跟着我们,她们不想让她跟一个陌生男人单独在一起。不过她的家里人看起来很友好,还跟我道谢。那之后,她每周都来看我们比赛,比赛结束后,我就送她和她的朋友们回家。她的朋友们会让我们走在前面,单独聊天。我们就这样来往了两年。我所有的朋友和家人都对我很不满,但我管不住我自己,她跟我以前认识的女孩都不一样。是的,她非常漂亮,笑起来尤其迷人;她也很善良,还总能逗得我哈哈大笑;她很聪明,懂得观察人们内心的想法,她知道人心可以有多么复杂。"

我和阿米尔坐在那儿,嘴张得老大。爸爸咳嗽了几声,背过身去,凝视着窗外,他又喃喃地说了起来。

"所以我们结婚了,搬离了原来的村子。我们刚结婚不久，你们妈妈的父母就去世了，我的父亲也在那一年去世了。三年后，你们的妈妈也……"爸爸停顿了几秒，接着说，"那之后，你们的奶奶就过来跟我们一起住了。我的兄弟们最后也搬到了离我们很近的地方。"

我思索着爸爸讲的话。我竟然不知道你的父母，也就是我的外公外婆，已经去世了，我还以为他们只是住得很远而已。

"妈妈有兄弟姐妹吗？"阿米尔问。

爸爸沉默了一会儿。"有一个哥哥和一个姐姐。"

我默默地记在心里。我有一个从未见过的舅舅和一个从未见过的姨妈。我好像听说过他们，但我一直以为那只是我的想象。妈妈，你还有哥哥和姐姐在世上，他们曾是你生活的一部分，为什么我就没有想到过他们呢？

"你们妈妈的姐姐再也没有搭理过我们，她强烈反对我们结婚。现在她跟她的家人住在一个离我们很远的村子里。你们妈妈的哥哥继承了家里的房子和家具生意。"

"他也反对你们结婚吗？"

"不，我不这么认为。"爸爸说，"他和你妈妈会互相写信。"

"他为什么从没来过这里？"阿米尔问。

"他总是独来独往。也许是你们妈妈的姐姐不许他来。我也不清楚。已经过去很久了，我们也没有联系了。"

"怎么会呢？就再也不联系了吗？"阿米尔问。

我咬了咬嘴唇，虽然我也很想知道答案，但我希望阿米尔不要再问下去了。如果他惹恼了爸爸，爸爸就不会再讲了。

"事情就是这样的。"爸爸摆摆手，压低了声音，"你们必须明白，我们现在很危险，千万不要跟别人提起你们的妈妈。"

"别人要是知道了这一切，知道了妈妈的事，说不定是件好事，那我们就不用选择任何一边了。"阿米尔的声音很小，却紧追着爸爸的话。我张大了嘴巴，不敢相信这是阿米尔说的，之前我对他这么说的时候，他还说这是蠢话。

"不可以！"爸爸呵斥他，"你不明白，你可能会送命的。现在，人们的想法根本改变不了。不要跟别人说你们妈妈的事，只有这样你们才能保护自己。等我们离开这里去新印度，情况就会好起来。但愿如此。"

爸爸的目光从我们身上移开，落在他的茶杯上。

"爸爸，"阿米尔问，"我们什么时候走？"

"还没定，很快吧。今天就说到这里，我想安安静静地喝茶了。"爸爸一边端起茶杯，一边把嘴抿成了一条细线。

新印度。我曾经幻想着我们将去一个新的、美好的地方，但现在这些想法一下子崩塌了。我不想要新印度。我只想要从前的那个印度，那才是我的家。我的眼泪夺眶而出，我赶紧用手擦了擦脸，捂了一会儿眼睛。

卡兹怎么办呢，妈妈？唯有他看我的眼神里充满了愉快和慈爱。就连爸爸都没有这样看过我。爸爸看着我们的时候，从他的眼神就能知道，他始终沉浸在自己的思绪里。他看着我们，却没有真正看见我们。阿米尔是我的双胞胎弟弟，看着他就像看着我自己。奶奶每天都忙这忙那，牙齿间一直发出嗞嗞声。妈妈，如果你在听我说话，请你一定要保佑卡兹会跟我们一起走。不能让真纳和尼赫鲁把他与我们分开。那不公平。

爱你的妮莎

1947 年 8 月 7 日

亲爱的妈妈：

我现在正躺着呢，我吃得太饱了，必须靠在床上休息一会儿。我有很多话要告诉你，可是我困极了。今晚没有月亮，不过我点了一小根蜡烛，火柴是我从厨房壁柜里拿来的，我一直把它们藏在枕头下。幸好有烛光，我还能看清字。阿米尔在打呼噜，他向来是头一沾枕头就睡着了。我可不行。即便在这样的晚上，我也要很久才能睡着，不过写日记有助于我入睡。写完日记，我感觉那个睡不着的、盯着天花板的裂缝胡思乱想的自己被清空了。到了白天，我脑袋里又会积存各种思绪，而日记本在等着我。我觉得是你在为我照管我的想法，直到我能自己应对它们。我太困了，今天就写到这里了。晚安，妈妈。

爱你的妮莎

1947 年 8 月 7 日

亲爱的妈妈：

我才睡了几个小时，就突然惊醒了。我也不知道为什么。我想起了今天的派对,我要把我心里想的都告诉你,不然我恐怕一整晚都睡不着。阿米尔睡得很沉,估计只有地震才能把他叫醒。真希望我也能像他一样睡得这么香。

  如果除去最后分别的时刻,爸爸今天的派对办得很棒。我觉得你肯定会为他感到骄傲的。我永远都不会忘记今天。我们做了很多好吃的,多到明天再举办一场派对都没问题。米饭、各种咖喱、豆子汤、烤串、普瑞、帕罗塔、三角炸饺、腌杧果、玫瑰奶球、甜奶球①……要做这么多东西,奶奶甚至都不介意我一整天待在厨房里给卡兹帮忙。塞巴吉是我一个人做的。做这道菜需要把孜然、香菜和姜都碾碎,卡兹让我用了他的研钵和碾槌。做甜奶球的时候,我还帮卡兹把牛奶提炼为奶酪,帮他固定好用来过滤奶酪的纱布。我用菜园里的黄瓜做了几碗浓浓的黄瓜酸奶酱。切洋葱时,我都没有流眼泪,因为我嘴里咬着一根小木棍。

  做饭时我的手指被姜黄粉染成了黄色,但没关系,我并不想把它们洗掉。我穿着自己最好的一身沙瓦克米兹。上衣是深粉色和绿色相间的,镶着金边,搭配一条粉色的宽松裤。这身衣服我有一年没穿了,但依然很合身。它还配有一条带金色流苏的粉色雪纺围巾,我可以把它围在脖子上或者罩在头上。我在洗手间盯着镜子里的自己看了很久。妈妈,

---

  ① 甜奶球(rasmalai)是印度一种常见的甜点,主要原料为牛奶。

我一直以为我长得像爸爸，阿米尔长得像你，但是今天我在自己脸上看到了你的影子，我笑起来嘴角弯弯的样子真像你。而且，我和你一样，两颗门牙间有明显的缝隙。我怎么今天才发现呢！我用了一点奶奶的眼影粉，把眼睛涂得看起来更像你，但愿爸爸不会注意到。不过就算他看到了，也不会说什么，今天他可忙了，才没空管我。很多女孩都画眼影的，但爸爸在这些事情上非常古板，有时候我觉得他忘了我是女孩子。

我从来没见过爸爸像今天这样在家里走来走去，忙得团团转。这太奇怪了。他整理家具，用抹布擦掉灰尘，还试了每一道菜的味道。他拿出一块我从没见过的毛线编织的红蓝色地毯，把它放到门口。他还让阿米尔扫地、擦窗户，而阿米尔乖乖地照做了。爸爸甚至亲自点上了蜡烛和熏香。

一切都准备好了，我们站在门口迎接客人。人们陆续来了，他们面带微笑，穿着自己最漂亮的衣服，捧着鲜花和甜点，玫瑰香水味在空中飘荡。来的人真多！我们的邻居来了不少，还有我的叔叔婶婶和堂兄妹们，艾哈迈德医生也带着家人来了。

"亲爱的，你最近好吗？""你都长这么大了！""越长越漂亮了！""在学校怎么样？""吃饱了吗？"婶婶们的问题一个接一个朝我飞过来，但是我一个也没接住。我只是微笑着，任她们的话从我耳旁掠过，她们似乎也并不介意。她们用涂着口红的嘴唇亲吻我的脸颊，我既觉得有点恶心，又感受到了浓浓的爱意,我趁她们不注意悄悄把脸上的唇印抹掉。我想知道不经思考就把话说出来是什么感觉;我想知道,在开口前,不用做五次深呼吸,不用把话一个字一个字地挤出来是什么感觉。

艾哈迈德医生送给我和阿米尔每人一块小金币,他把金币放到我们的掌心,合上我们的手,祝我们平平安安。他的眼睛湿润了。我立即低下头看着自己的脚,双手合十,给他鞠了个躬。阿米尔也向他鞠躬,跟他道谢。然后我们跑回房间把金币放好。

我们的堂兄妹们和邻居的孩子一直围着我和阿米尔转,后来我们带他们去了外面一块玩板球的好地方。男孩们打板球,女孩们坐在地上,用身边的花呀草呀编项链。我们轮流回屋里吃东西,还把食物包在餐巾布里拿出来吃。每次我进屋都看到爸爸和许多男人一起坐在地上,他们抽着烟,吃着东西,有说有笑。我又想起了那天在菜市场的感觉。我们和邻居、亲友们现在正高高兴兴地聚会,大家的处境怎么可能是那么糟糕呢?卡兹一直在厨房里,只在需要添加食物的时候才出来。我把头探进厨房,他马上把我赶出来了。

我进来吃三角炸饺时,婶婶们叫我过去和她们一起坐。我吃得很慢,炸饺的脆皮上蘸了绿色的酸辣酱,吃起来麻麻的。有个婶婶说,我得多吃点,长胖些。另一个婶婶优雅地伸出手,捏了捏我的脸。但是,她们大部分时间都在聊这个季节什么花开得最好，谁要生小孩了，谁准备要结婚。没人提到我们周围发生的变化。她们一边说话，一边用眼神招呼着别人，她们的眼睛闪着光，手上的镯子叮当作响。妈妈，她们到底在想什么呢？

屋外边，男孩们还在打板球。阿米尔打得和平常一样糟糕，他的胳膊太细了，连击球和传球都使不出力气，不过大家只是随便玩玩，没人在乎输赢。女孩们戴上了自己做的鲜花项链，手牵手围成一圈，跳起了舞。我美美地饱餐了一顿三角炸饺后，回到女孩们中间，和大家一起笑啊跳啊，头都有点晕乎乎的了，脸颊又热又红。我对搂着我肩膀的堂妹玛丽小声说："我们走了以后，我会想你的。不过也许我们还会住得很近。"

"你们要去哪里？"她停下舞蹈问我。女孩们都停了下来，盯着我。我每次说话总会这样，而这正是我害怕的。阿米尔说话时，他常常得大声喊，一遍又一遍地重复，才会引起大家的注意。

"新印度。"我咕哝道。

"什么意思？"她看上去非常吃惊。

我以为每个人都知道得比我多。我擦了擦额头，耸耸肩，心里嘀咕着我该不会说出了一个可怕的秘密吧。玛丽等着我回答，但我无法再继续说了。我的嘴紧闭着，身体感到无力和疲倦。她把头歪向一边，我觉得我说话的勇气像火焰一样熄灭了。

"快告诉我。"玛丽用温柔的声音再次说道。但是她声音再温柔也没用。"告诉我。"她提高了嗓门。

萨彬突然说话了:"你不知道吗?印度教徒和锡克教徒都得走。我们得留下。"她说得很直白,说完还看了一眼其他女孩,大家都不再说话了。

玛丽看起来要哭了,一边喊妈妈一边跑进屋去了。我一动不动站在那儿。其他女孩又盯着我看了一会儿,看我是否会说点什么,见我不说话,她们开始继续跳舞。我没有加入她们,她们看起来也没有之前那么兴奋了。我决定回屋,也许吃了甜点,我的心情就能好起来。

我走进屋的时候,看见玛丽挨着蒂普婶婶坐在一个角落里。蒂普婶婶抚摸着她的后背,正在安慰她。她们看起来都十分难过。我又看见爸爸在跟鲁佩什叔叔、拉杰叔叔聊天。他们聊得很起劲儿,手舞足蹈的。鲁佩什叔叔紧紧抱了一下爸爸,然后朝玛丽和蒂普婶婶走过去。她们站起来,和鲁佩什叔叔一起跟大家道别后就走了,他们没有跟我说再见。紧接着,拉杰叔叔一家也走了,他们也没有跟我说再见。也许他们没有看见我,也许他们根本不想看见我。这会是我最后一次见他们吗?

当大家一个一个离开,感觉像是有人拔掉了瓶塞,欢乐像水一样开始流走了。一种狂乱的情绪在我的整个身体里蔓延，仿佛我应该去找回那个塞子，把它放回去，阻止现在正在发生的事。我真希望回到派对刚开始的时候。

我很好奇爸爸都跟大家说了些什么，但我不敢靠近去听。他们继续拥抱、道别。艾哈迈德医生走的时候，爸爸和他紧紧拥抱了很久，他们轻声说着什么，频频点头。他走后，爸爸在门口呆呆地站了一会儿，还擦了擦眼睛。他哭了？我看不清。爸爸转过身来，发现我躲在厨房旁。他招手让我过去，我很不情愿地走到门口。最后走的客人们一个个跟爸爸、奶奶、我和阿米尔拥抱，弄得我的肩膀都疼了，我的鲜花项链也被压坏了。很多人在我耳边嘱咐我"保重""要坚强"。我从一开始就知道这是一次告别的派对，但此刻事实就像一堆煤块，沉甸甸地压在我的心上。

所有人都走了之后，我和阿米尔静静地躺在床上。

"我告诉玛丽我们要走了，她竟然不知道，我还以为每个人都知道呢。"我说。房子里黑沉沉的，但空气里有一股温暖的气息，我还能闻到香料、香水的味道，焚香的气味也还在空中飘荡。

"我也以为大家都知道。"阿米尔说。

"因为我告诉了她，所以派对才会变成那个样子。"

"本来就是那个样子。"阿米尔缓慢而沉重地说。

"什么意思？"我问他。

"我不知道，反正从一开始就挺悲伤的。"

"是吗？我倒不觉得。"

阿米尔闭上眼睛，不再说话。等到他的呼吸声变得均匀，我起身踮着脚尖走出了房间。我的心怦怦直跳。该睡觉了，我本该待在卧室里。往常这个时候，我躺在床上听着爸爸和奶奶走来走去的声音，还有卡兹偶尔发出的声响，我会感到很安心，但是今晚，我想要见到他们。我从角落里探头瞧了一眼，只见爸爸独自一人坐在桌前喝茶，出神地望着前方。我走过去站在桌子旁，面对着他。

"我睡不着。"我说。

他眯起眼看着我，沉默了一会儿。"我也睡不着。"他终于开口说道，然后轻轻敲了下桌子，"去拿点热牛奶喝吧。"

我放松下来，走进厨房。我把火炉点着，用小锅加热牛奶，还加了些豆蔻籽进去。等到牛奶噗噗地冒热气，我就把它倒进茶杯，端着来到桌边。我们默默地坐着。

"在派对上玩得开心吗？"爸爸总算说话了。

我点点头，然后深吸一口气说："对不起，我把我们要走的事告诉玛丽了。"

爸爸看着我，喝了口茶。

"也该让玛丽知道了。你长大了，能明白这些事情了，玛丽也一样。"

妈妈，我虽然对着爸爸点了点头，但我其实并不明白。知道眼下正在发生的事情，明白这些事情为什么发生，这是两回事。我又和爸爸坐了一会儿。跟他单独待在一块儿感觉怪怪的,我这才意识到,我几乎没和他单独待过。我端详着他的脸,打量着他的宽鼻子、圆脸和额头的皱纹。我看着他眯着眼,心事重重地喝茶。我想象不出爸爸小时候无忧无虑、天真调皮的样子,他好像生来就是一个大人,一位父亲,一名医生。

有一件事我是明白的。我会拥有在米尔布尔哈斯生活的记忆,也会拥有在新印度生活的记忆,就仿佛会有一条分界线,将我的童年一分为二。

爱你的妮莎

1947 年 8 月 8 日

亲爱的妈妈:

昨天我们刚办了派对,今天一切又似乎没什么变化。爸爸去上班了，我和阿米尔四处转悠，试图找点事情来做。我帮卡兹做饭。奶奶不时地让我们帮忙干点活儿，我们扫地、洗衣服、叠衣服，还帮忙收拾东西。之后，我们就坐在花园的毯子上画画、读书。我正在读爸爸的一些医学书，我能感觉出这使他很欣慰。他会站在我旁边看我读到哪里了，他总是点点头，然后才悄悄地走开。也许他认为我以后会成为一名医生，尽管我讨厌看到血，讨厌难闻的气味，也讨厌看到人的内脏。

我只想知道人们在想什么。也许当我了解了人的身体是怎样工作的，了解了人体的所有内脏器官，我就能更清楚人们的想法了。我学习了有关心脏、心室、动脉、骨骼、肝、肾、脾、肺、血液的知识。我学习了关于大脑的知识，知道大脑组织如何奇奇怪怪地联结在一起，而每个人的秘密都装在那里。是大脑让我有时候不愿意说话吗？是大脑让阿米尔看到的书本上的字和别人不一样吗？是大脑让人们产生爱或恨吗？或者，决定这一切的，不是大脑，而是心脏？

爱你的妮莎

1947 年 8 月 15 日

亲爱的妈妈：

　　该发生的现在都发生了。对不起，我有六天没给你写信了。这几天像是混合成了一天。我们一直在忙着收拾和打包，奶奶背着我们偷偷流眼泪，爸爸用硬邦邦的口气跟我们解释这一切。阿米尔一直追着爸爸、奶奶和卡兹问问题。我这几天不怎么说话。反正我说任何话都改变不了什么。爸爸告诉我们，当变化来临时，好事和坏事都会发生。半夜里，当我们熟睡的时候，印度独立了，脱离了英国的统治。同时，一个叫巴基斯坦的新国家诞生了。我们现在住的这个地方不再叫印度了。

　　我仍然不明白印度脱离英国意味着什么。爸爸说英国人统治印度快 200 年了。我一点也不觉得自己是英国人。我在书上和报纸上看到的英国孩子跟我一点也不像。他们的皮肤是浅色的，穿的衣服也跟我们的不同。我知道爸爸喝英式茶、吃英式饼干，我知道在米尔布尔哈斯市立医院门口站岗的是英国人，我知道我们家里有英式家具，比如客厅里铺着软垫的木椅子、椭圆形的大餐桌和英国制造的瓷器。我也知道英国人不再统治我们了，我想我们不喜欢英国人对我们指手画脚。爸爸会改喝别的茶吗？医院门口的守卫会离开吗？我们要把椅子和桌子还给英国人吗？

只有穆斯林可以待在巴基斯坦，其他人都得去印度，这里不再属于印度了。我很好奇，会有印度教徒坚持留下来吗？阿米尔也这么问爸爸，但是爸爸说那样不安全，人们之间的冲突会越来越严重。除了穆斯林，所有在米尔布尔哈斯的人都必须离开，而新印度那边的穆斯林将会来到这边。爸爸说，英国的代表蒙巴顿勋爵、穆斯林的领袖真纳和其余人的领袖尼赫鲁，共同做出了这个决定。他们都同意分开巴基斯坦和印度。阿米尔问做这个决定的人里面有没有甘地。爸爸说，甘地希望印度能统一，因为他相信，不管大家信仰的是什么宗教，我们都是印度人。但爸爸说现在这不重要了，事情已经这样了，我们只能尽力做好应对，安静地离开。

所以从今天起，我脚下这片土地不再是印度了。卡兹得留下来，而我们必须离开，去寻找一个新家。此时，是不是也有一个穆斯林女孩正坐在她的房间里，想着自己必须离开家，前往一个甚至都不叫印度的新国家呢？她也会感到疑惑和害怕吗？

这几天，我的脑袋里一直装着一个问题。我害怕说出来，也害怕写下来。我不愿去想答案，但是我手中的笔却不听话地要把它写出来：如果你还活着，我们会因为你是穆斯林而必须离开你吗?他们会在我们之间画一条线将我们隔开吗,妈妈?我不在乎答案是什么。是你生下了我们,我们永远是你的一部分,而这里永远都是我的家,哪怕它改了名字。

爱你的妮莎

1947年8月16日

亲爱的妈妈:

我看见了爸爸书桌上的报纸,从照片里可以看到,印度和巴基斯坦两边的人都在庆祝。但对于我来说,这不过是一个国家被分成了两半。我一点也不想庆祝。报纸上都是这样的标题:《自由的印度诞生了》《民族觉醒,走向新生活》《狂热的孟买》……但是所有的诞生都不快乐。比如我和阿米尔的出生并没有带来快乐。我们活了下来,你却死了。我们出生的那一天对爸爸来说一定糟糕透了。我甚至不知道当时他是否爱我们。我也不知道，从我们出生到现在，爱我们对爸爸来说是不是一件很难的事。这就像现在印度正在发生的：一个新的国家诞生了，而我的家却没了。

家里没人为自由而庆祝。我必须收拾自己的东西，但我连一本书都不能带走。我们的毯子、桌子、书架、爸爸的书桌，还有厨房里的大部分用具——除了几个小锅和盘子，我们通通都不能带走。我听见爸爸跟奶奶说，现在到处都有骚乱发生，我们不走的话，就可能会被杀死或送去难民营。谁会这么做？我们的邻居？跟我们一起上学的同学？菜市场里的小贩？爸爸在医院救治的病人？我的老师？艾哈迈德医生？爸爸说，现在印度教徒、穆斯林和锡克教徒在互相残杀。每个人都有责任。他说，人们一旦被分成不同的族群，就总是认为自己这一族群优于其他族群。我想起爸爸的医学书上说，我们的身体都有着血液、器官和骨骼，不管我们信仰什么宗教，大家都是一样的。

我回到自己的房间收拾东西，阿米尔已经收拾完了。他只打包了纸、笔和一些衣服。我们每人只能带一袋东西。明天我们会乘火车去边境，然后再转乘几趟火车去焦特布尔[①]，

[①] 焦特布尔是印度西部城市，位于印度和巴基斯坦交界处塔尔沙漠的边缘。

那里将是我们新的家。爸爸说会有马车送我们去火车站。我打包了衣服、三支写字用的笔、这个日记本，还有我保存在一个丝绸香料袋里的你所有的首饰。爸爸说我不可以再戴那些首饰，因为可能会有人把它们抢走。我把艾哈迈德医生送的金币也带上了。我还带了花园里的一撮土，这样我就可以永远拥有哪怕一丁点儿你踩过的土地，一丁点儿我的印度。

爱你的妮莎

1947 年 8 月 17 日

亲爱的妈妈：

我们真的要准备走了。今天早晨爸爸告诉我们，卡兹明天不会跟我们一起走。我总盼着我们能想出个什么办法，让卡兹和我们一起，可是爸爸说那样太危险了，卡兹也说他不能这么做。

难道他就不能穿上爸爸的衣服，说自己是印度教徒吗？

晚饭我们匆匆吃了点帕罗塔和豆子汤，因为很多东西不是都已打包，就是赠送给别人了。卡兹用红扁豆和芥菜籽，做了我最喜欢吃的一种豆子汤。卡兹做饭的时候，我坐在一旁的木凳上，晃着双腿，今晚我并不想帮忙。我敲了敲厨房台面，想让他朝我这边看，我不确定自己是否能大声叫出他的名字。

他抬起头，手里仍在用研钵碾孜然。

"怎么了，妮莎？"他问。

我低下头，用力咬着嘴唇。"你必须跟我们一起走。"我轻声说，声音有些哽咽，眼泪涌出我的眼眶。我马上抹掉泪水。

"没事的，妮莎。"他说，"最近我也总哭。"他递给我一块小毛巾。

我惊讶地看着他。

"我真的哭过。如果我跟你们一起走，你们就会成为别人攻击的目标。人们以为他们是在保护自己，是为了自己人挺身而出，但其实他们是因为害怕才这样。"他对我说。

"可是，你只要穿上爸爸的衣服，说自己是印度教徒，别人怎么能知道呢？"我的声音不自觉地提高了。

"人们总有办法查到的。我得改名字，还得弄假的身份证明。那太危险了。"

"所以你不跟我们走,是因为你害怕。"我不假思索地说。

"你应该多说说话,妮莎。你是个聪明的孩子,也许这恰是因为你通常都是在听别人说,而不是自己在说。"

我的脸顿时变得滚烫。

"是的,我害怕。但比起我自己,我更害怕你们受到伤害。如果因为我牵连到你们任何一个人,那我也活不下去了。"

我把手捏成了拳头,努力忍住泪水。卡兹又说了一些话。他告诉我他会照看这个房子,说不定哪天我们就回来了。他不再看我,转身把孜然粉倒进一只小碗里,他把研钵和碾槌用清水洗干净,把它们擦干。我坐在那里不吭声,看着他干活,我感觉喉咙发紧,还有点痒。过了一会儿,卡兹把研钵和碾槌递给我,说让我带走。

我摇了摇头。如果我拿了,就意味着我真的要和他告别。我不能失去他。不会的。

卡兹把研钵塞到我手里,他说,希望我每次用的时候都会想起他。"别忘了我教你的那些东西。用心做食物,就能把大家聚拢到一块。"

我用手触摸着光滑的白色大理石研钵。卡兹曾用它碾过那么多的香料,把研钵里正中心的地方都染成金棕色了。我把它放回到厨房台面上,摇了摇头。我感觉自己浑身都在颤抖。卡兹再次把研钵塞给我。

"就算你不拿,"他继续说,"我也必须留下,而你必须离开。什么都不会改变。"

我抱起研钵和碾槌冲出了厨房。我用围巾将它们紧紧包好,放进我的包里,我不敢让爸爸知道,他准不许我带这么重的东西。

我们默默地吃了晚饭,饭后,卡兹开始收拾,阿米尔跑到他面前紧紧抱住他。爸爸抬起头注视着卡兹,眼神有些呆滞。接着爸爸让阿米尔先出去。我没有勇气拥抱卡兹,我太难过了。我跟着阿米尔跑进了菜园里。他坐在一排排菠菜的边上,扯着菠菜叶子,还塞了一些到嘴里。

"谁能吃这么多菠菜?卡兹肯定吃不完。"他对我说。

我们静静地坐了一会儿,太阳开始落山了。菜园里的鸟儿、昆虫和其他小动物都开始迎接夜晚,我能听到它们发出窸窸窣窣的声音。它们有的要睡觉了,有的正在醒来。

"你觉得我们以后还能再见到卡兹吗?"阿米尔问。

我不想回答。我害怕我们再也见不到他了,这跟卡兹死了,其实没有两样,不是吗?

"我甚至都不相信我们会离开。"我说,然后,我压低了声音,"我感觉我们也是在离开妈妈,这里是她以前住过的地方。可是她不会跟着我们去新家了。"

"不管你在脑子里编了什么蠢故事,妈妈也不在这里。"

"我没有编故事！"我冲阿米尔喊道。他跳了起来，我开始大哭，他扭头不看我。他突然起身跑进了屋子。他肯定被我吓到了。我很羞愧，也很孤单。妈妈，如果你在这里，你会坐在我身旁抱着我吗？我会是你最爱的人吗？

阿米尔拿着一条手帕跑了回来，他把手帕递给我。我平静下来，跟他说谢谢。他没有撇下我一个人，这让我觉得安心了许多。我拿手帕擦了擦鼻子和眼睛，感觉胸口也没那么堵了。

"我们都没见过她，总想她有什么用呢？"阿米尔说。

我点点头。他那么想没错。他把对你的爱藏在心底里，而我喜欢这种独自拥有你的感觉。我想我了解你，因为我了解自己，我的生命是你给的。我无论到哪里都会带着你，你在这本日记里，在装着泥土和首饰的小袋子里。

"我有时候会……"

"会什么？想妈妈？"我问。

"有一点吧。照片里的她是那么美，我打赌她会有一点不同……"他突然不说了。

"什么不同？"我问。不过我知道他想说什么，他要说的是你和爸爸不同。妈妈，你看，阿米尔是爱你的。他只是不好意思说出来而已。有时候我在想，阿米尔对每件事每个人的感受是否和我一样强烈。他总是跑来跑去，跟人说话，不像我把什么都闷在心里。有时候我真希望自己是阿米尔。

这是不是很奇怪，妈妈，我竟然想变成一个男孩？我只是觉得做男孩似乎比较轻松。但如果真是那样，爸爸也许就不那么喜欢我了。

阿米尔坐回到我身旁，靠在我的肩膀上。我能感受到他那好动的身体的温暖。但此刻他很安静，我们最后一次坐在菜园里，看着太阳落下山去。

爱你的妮莎

1947 年 8 月 18 日

亲爱的妈妈：

此时我仅借着照进蚊帐里的月光给你写信，如果字迹很乱，你可别在意。我自己都看不清到底写了些什么，但是写字这方面我有点天赋，就算看不见，我也能写。早上，太阳还没升起来时，我们准备出发了。卡兹一直待在他的小屋里。昨晚睡前,卡兹来跟我和阿米尔告别,还说我们走的时候他会待在屋里,这样比较安全。

"再见了。"他抱住我们。我已经哭不出来了,我感觉自己像一片干枯的树叶在风中飘,不知会落在哪里。我只是点点头,从他身边走开。如果我跟他说再见,那就是永远跟他告别了。

阿米尔给卡兹画过一张画。画里的卡兹在厨房切菜,肩上搭着一条毛巾,他眯着眼,紧闭着嘴唇,看起来是那么认真。阿米尔把他的画都堆在我们房间的一个角落里,我翻了半天,却没有找到卡兹的那张画。

奶奶轻声把我们叫醒,我们吃了酸奶和昨天剩下的罗提①,大家谁也没说话。不知怎的,每个人都知道这不是说话的时候,仿佛现在连周围的空气都变得很脆弱,如果有声音响起,就会有什么东西被打碎似的。但是,很多事只要看看人们的脸就知道了——看看他们的眼神,看看他们如何点头、抿嘴,如何把头转向一边。很多话不需要用嘴说出来。

我们收拾好行李,互相交换着眼神,偶尔点头、耸肩、比画着手势,就这样不出声地交谈着。我拿起我的包,阿米尔拿起他的。我们把铺盖卷好绑在背上。爸爸把能带的行李都放到了有篷马车上,有奶奶的东西,他自己的衣服,两床

---

① 罗提(roti)是一种用煎锅或烤箱做的扁圆形的煎饼。

铺盖，一顶蚊帐，他的医药箱，几本书，所有的食物，几壶水，几个罐子、锅和杯子，还有仔细包好的你的画。爸爸没给我们看这是哪一幅，但从大小上我就知道这是我最喜欢的那一幅，画的是一只手握着一个鸡蛋。我一直很想知道你画的是某个人的手，还是那是你想象出来的。它看起来像是女人的手，是奶奶的手吗，还是你自己的？为什么它握着鸡蛋？我上了马车后，发现真是这幅画，简直开心极了，又有一件与你有关的东西将陪伴着我们。我还带着你的首饰、家里菜园子中的泥土和这本日记。

我们计划乘马车去火车站，而且必须在天亮前离开，免得被别人看到。爸爸听说有人在搬走的时候，和别人发生了冲突。拉杰叔叔和鲁佩什叔叔前几天已经乘火车走了，现在已经到那边了。他们在给我们找住的地方，这样等我们到了那里，就能有一个家了。爸爸说我们算幸运的，很多人都将无家可归。

爸爸本来打算早点结束医院的工作，但医院坚持留他到新医生来顶替他。新医生是穆斯林，他会跟艾哈迈德医生一起工作。他也会搬到我们的家里。我估摸卡兹得留下来给他做饭，但我不愿去想这些。到了爸爸在医院上班的最后一天，他回到家，只说了一句话："希望他能比我救助更多的人。"说完他进了自己的房间，整个晚上都没再出来。

我的包很沉，为了不让爸爸和奶奶发现我在里头装了研钵和碾槌，我一直把它放在自己身边。昨天收拾东西的时候，爸爸让阿米尔带上《摩诃婆罗多》，还只允许他带几张纸和两支笔。阿米尔气坏了，他不能带自己的画，却要带《摩诃婆罗多》，但是爸爸说阿米尔不能再像小孩一样使性子了，他马上就是个男子汉了。阿米尔不再嚷嚷，他咬着嘴唇，仿佛把话都咽下去了。接着他摇着头走开了。他回到我们的房间，把自己的画堆在一起，又拿到厨房，央求卡兹把它们扔进炉子里烧了。他说，他不想把画留在这里让其他人拿走。

卡兹小心翼翼地把画放在桌上，并向阿米尔保证会好好保存它们。他说，如果哪一天他也得离开，他一定会把画带走。

"不！"阿米尔说，"我马上就是个男子汉了。"他一把抓起画，扔进了燃烧着的煤炉里。他动作太快，卡兹来不及拦住他。阿米尔跑出了厨房。我站在那里注视着卡兹，眼泪又止不住地往下流。我抹掉眼泪，走到炉子旁，看着阿米尔的画烧成了灰。卡兹把我揽入怀中，我们一起看着那些画消失在炉火中。

"他还可以再画。他会在你们的新家再画很多画。"卡兹安慰我，但不知为何，我感觉就像心被捅了一刀。

"阿米尔！"稍晚些时候，我看见阿米尔坐在地上折着一张白纸，我问他，"为什么？"

"反正画留在这里也会被烧掉,还不如我自己来。"

"可是卡兹说他会保存好这些画。没有人会烧掉它们。"

阿米尔恼怒地摇摇头。"谁知道呢。也许有人会把这座房子都烧了。"他很小声地说。

"不会的。"我说,"会有别人搬进来住。"

"我宁愿它被人烧了。"阿米尔的眼睛变得黯淡,透着几分狂野。

"你说的不是真心话。"我说。但我知道他就是这么想的。

阿米尔晃动着身子,不停地把纸折拢又展开。我陪他坐了一会儿,看着他的手指疯狂地在纸上翻动着。我能感到他的怒气稍稍地释放了些。我从他手里把那张已经变得皱巴巴、软绵绵的纸拿了过来。他没有反抗。

"我们去找卡兹吧。"阿米尔突然说,而且立即站了起来。看得出来,他想摆脱糟糕的情绪,他不是一个爱生气的人。我喜欢他这一点,他总是想让自己快乐。我有时候会一直想着那些烦心的事,就好像如果我不再想了,就等于承认了它们并不那么重要。可是阿米尔不这样。每次我们吵架,通常都是他先道歉,把我们从各自受到的伤害中解救出来。但最近这几天,我能看到他眼睛里总有一股怒火在燃烧。

我不确定自己是否想去卡兹那里,但我还是跟去了。直到天黑,我们一直跟卡兹待在一起。他忙着整理厨房,还做了一些吃的，装成一包一包的，让我们带在路上吃。他递给我们一些萝卜和胡椒当小点心。卡兹把米和豆子都装进袋子里，有些是要让我们带走的，有些要挪去他的小屋，我们帮他把袋子系好，还帮他擦洗锅盆。身体一忙起来，我就不会老想着那些事，心里也好受了些。只要能在厨房里帮忙，我就可以假装什么都没发生，假装我们只是同平常一样在做晚饭。我想，如果我努力假装，这会不会就变成真的呢？

今天早上，就在我们顶着寒风把行李装车的时候，我们听到有人朝我们跑过来。我最先听到，于是转头去看，接着其他人也都往声音传来的方向望去。凉鞋咯吱咯吱踏在泥土地上的声音越来越近，越来越响。爸爸把我们三个推回屋里。"快进去。"他推着我们的背，急促地低声说道，"躲到食品储藏室里。"奶奶抓住我们的胳膊，拉着我们进了屋。那人是冲我们来的。

我们又一次蹲在储藏室里，屏住呼吸。现在这里空荡了许多。奶奶的嘴唇微微颤动着，她在低声祈祷。我依稀能听到谈话的声音，说话的人听上去并不生气，也不害怕。我担心有人会伤害爸爸，便仔细去听那低沉的说话声，我能分辨得出爸爸的声音和另一个男人的声音，那声音听起来很熟悉，可我一时想不起来是谁。也许是有人来告诉我们不必离开了，这一切只不过是个巨大的误会。

我能感到奶奶那湿热的呼吸扑到我的肩上。阿米尔攥着我的手,他的手又冷又干。我的手却很烫,汗涔涔的。我们等了很久。

突然有人打开了储藏室的门,清晨第一缕阳光涌了进来,我们惊恐地眨了眨眼睛。

"我们今天走不成了。"是爸爸。我长吁出一口气。我不知道这是不是表示我们以后都不用走了,一丝希望的火花在逗弄着我。

"为什么?"奶奶问。

"来的是尼基尔堂哥。他告诉我他听说一些火车穿过边境的时候遇到了可怕的事情,所以他们决定再待一阵。可是我们不能等了。"

"什么可怕的事?"阿米尔追着问道,他的声音充满好奇。妈妈,我也想知道。我也想知道那些事有多么糟糕,多么可怕,也许那样我就愿意头也不回地跑掉。

"我告诉过你了。有人被杀了。"爸爸淡淡地说,语气就跟在催促我们睡觉似的。他没有说是谁被杀了,在哪里以及如何被杀的。

我们都蹲在储藏室里。奶奶开始大声祈祷。爸爸朝她喊道:"妈!"她停了下来,安静地抿上了嘴唇。

"现在怎么办?"她问,"我们离边境至少有一百英里[①]。"

[①] 1 英里约等于 1.609 千米。

"明天我们走路去。现在天都亮了。"爸爸说，他转头看着我和阿米尔，"我们得在这里再待一天。我们路上可以去拉希德舅舅家。我会安排人通知他一声。我们正好要经过他家。"

"拉希德！"奶奶说。

"拉希德舅舅？"阿米尔问。我感到眼前一亮。我以前听过这个名字。他就是你的弟弟吧，妈妈？真希望爸爸能回答阿米尔。

"嘘！"爸爸说，"现在你们都得听我的。今晚我们去卡兹那里睡，这样别人就会以为我们已经走了。暴乱随时会发生在这附近。"

"但是……"阿米尔还想说话，爸爸抬起一只手制止了他。

"阿米尔。"爸爸严厉地说，"够了。"

我的肩膀一沉。然后我感到一阵内疚，每当我希望阿米尔催促爸爸回答问题时，我就会有这种感觉。我想知道拉希德舅舅是不是你的弟弟。我们很少去卡兹的小屋，卡兹也只有在睡觉和周末休假的时候才待在那里。我们从不去打扰他，但是偶尔我和阿米尔实在无聊，就什么都不管，到小屋里去找他。有一次，大概是一年前，阿米尔在菜园里发现了一个长得很奇怪的西红柿，它看着就像是三个西红柿拼接在一起。

"我们拿去给卡兹看看吧。"阿米尔举起西红柿,把它顶到头上。

"不行。"我一边回答,一边把西红柿从他头上拿下来,我可不想它被摔坏,我还要尝尝长着三个脑袋的西红柿是什么滋味呢。

"你太守规矩了。"阿米尔把双臂抱在胸前,对我说。

"你从来都不守规矩,"我反击他,"所以你总惹爸爸生气。"

我立马为自己说的话感到抱歉。爸爸常常被阿米尔惹恼,并不是因为他不守规矩,而是因为爸爸不明白为什么阿米尔的学习那么差,他担心阿米尔将来当不了医生。

阿米尔没有生我的气,他只是叹了口气。"你为什么不跟别人用这种方式说话?你总是把不守规矩的事留给我做。你就喜欢这样。"

我不知道该说些什么。我还来不及反应,阿米尔就从我手里夺走西红柿,朝卡兹的屋子跑去。我有点发愣,但还是跟了上去,我在想自己是不是真的喜欢像他说的那样呢。不过我觉得他也喜欢那样。我能感受到他无法感受的事情,他能说出我除了对他之外无法说出来的话。我们两个就是那样的。

卡兹从不让我们在他那儿待太久——他收下我们的西红柿礼物,就把我们撵走了。我不知道他周末一整天都在屋子里做些什么。妈妈，我的眼皮都抬不起来了，改天我再跟你说。

爱你的妮莎

1947 年 8 月 19 日

亲爱的妈妈：

卡兹的小屋有两个房间。前屋带着个小厨房，中间放着一张小桌和两把椅子。里屋有一张床，地上铺着一块地毯，角落里放着一把椅子，还有一个小小的五斗橱。前屋的墙上还挂着一张小挂毯。这就是他全部的家当了。

昨天一整天我们都待在里屋，安静地看书、画画，祈祷不会有人闯进来伤害我们。我们自己的房子黑漆漆的，空无一人。现在我们没有马车了，只能带一些背得动的东西。我们不得不把你的画交给卡兹保管。爸爸担心路上没水喝，奶奶说提着水太重了，而且她喝不了太多。不过爸爸还是让我们多拿了些水。

我们背靠墙坐在地上，我和阿米尔坐在一边，爸爸和奶奶坐在另一边。不能说话感觉怪怪的。突然间我唯一想做的事就是说话。我猜这是不是正常的孩子通常会有的感觉。我想问爸爸，就要离开家和医院了，他心里是怎么想的。我想问他害不害怕。我还想问他我们会不会回来。我和阿米尔悄悄聊了几句，但是爸爸发现后把一根手指竖在嘴边，示意我们闭嘴。一个小时过去了，我们谁也没再开口。我的嘴痒痒的，我真想说话。真的会有人听到我们说话吗？但我不敢惹爸爸生气。

我暗暗地希望可以留下来。也许我们在卡兹屋里待上几天，就可以悄悄搬回自己的房子了。这种希望让我感到时间没有那么难熬，让我能够坚持下去。卡兹坐在外面看守。我真想和他坐在一起。

卡兹和爸爸约定了，如果他感到有危险，就会在门上敲三下，我们就要立刻从后窗爬出去，跑到屋子后面的菜棚里。我无法想象爸爸和奶奶爬窗。一想到那幅画面，我不禁嘴角上扬，嘴唇都抽动起来，不过我知道这没什么可笑的。

每隔几个小时，奶奶就给我们一些罗提和豆子汤吃，外加几块萝卜和一片杧果。我没吃杧果片，而是把它们包在餐巾布里，这样我就能在睡前一次吃个够。我每次吃杧果都很开心，如果能多吃几片，快乐也会加倍。当我铺好垫子准备睡觉时，舌头上还留有糖浆般甜蜜的杧果汁。阿米尔在我耳边说悄悄话。

"这是我出生以来度过的最漫长的一天。"他说。我使劲点头，把身子靠在他瘦削的肩膀上。奶奶盘腿坐着轻声祈祷。爸爸做着伸展运动。如果说连我都忍受不了这种安静，那阿米尔肯定快要爆炸了。

我试着看书，但我无法集中注意力。我一直在找机会跟卡兹谈谈。我竖着耳朵听外面有没有骚乱，有没有鞋子踩踏泥土地的声音，有没有朝我们这边逼近的叫喊声，或者火把噼里啪啦燃烧的声音。我一直留意卡兹有没有敲门。我也想起了你，妈妈。我想起你那幅手握鸡蛋的画。也许你画那幅画的时候正怀着我们，挺着大肚子，家里所有的窗户都打开着，微风吹进房间。你坐在那里画画，也许这是你最快乐的时候。

今天早上，太阳刚冲破云层，我们就出发了。阿米尔咬着嘴唇，紧张地看着我。奶奶拍拍我们的手。"没事的。"她说，"你爸爸一定可以带我们去那边。"

我不想去那边。我不喜欢"那边"这个词。它使我想起死去的人，想起医院里那些爸爸救不了的人。还有你，妈妈，你在"那边"，而我们在"这边"。

"卡兹在哪儿呢？"当我们鱼贯出门的时候，阿米尔悄声问爸爸。

"我觉得告别一次就够了。"爸爸的声音有些嘶哑。然后我们走过家门前的那条泥土路。我无法直视我们的房子，只用眼角余光瞟了瞟。我希望最后再看一眼卡兹。他会气我没有好好跟他说再见吗？我本该那么做的。我真傻，竟然以为还有机会。我按了按装在包里的研钵和碾槌。这是他唯一留给我的东西。我的眼眶里盈满了泪水，但我没有哭出声，只有肩膀在颤抖。我努力忍着，不让眼泪掉下来。

我们没有从城里走，那太危险了。我们穿过杂草丛生的荒地，然后找到一条通往沙漠的比较好走的路。路上都是人。有些人推着牛车，车上堆满了东西。有些人骑着骆驼。我们的行李比别人的都少，只是带的水比较多，其他东西都比别人少。我们每个人都带了一大壶水，够我们喝好几天的。爸爸带了两壶。

出发前，爸爸嘱咐我们走路时一定要低着头，不管遇到什么人，都不要说话。奶奶挨着我走，她让我用围巾把自己包裹严实，她说我已经是大姑娘了，还说陌生的男人不可信。有件事我没有告诉过奶奶——其实这世界上我只相信四个人：爸爸、奶奶、阿米尔和卡兹。还有你，妈妈，我相信你。

我们好像变成了故事里的人。我听过这一类故事：战争爆发，人们被迫逃亡，背上的行囊里只有衣服和食物。现在我们就是这样，尽管这里并没有发生战争，却也差不多。这就像一场被编造出来的战争。我每走一步，都感觉非常麻木，好像我的脚没有踩在地上，而我仿佛不在我自己的身体里。我们离开时没有带象棋，还扔下了我的布娃娃蒂儿。蒂儿是我两岁的时候蒂普婶婶送给我的，所以我给它起名蒂儿，这样我看到它就会想到蒂普婶婶。我一边走一边想着蒂儿，想起它身上磨损了的橙色和金色相间的纱丽[①]，还有它小嘴上抹的红色口红；它戴着一对金色的小耳环，前额上点缀着饰有珠宝的绿色眉心贴[②]。我突然特别想它，想得胸口都有点疼了，尽管十岁以后，我再也没玩过布娃娃了。蒂儿一直坐在我房间的角落里，看着我和阿米尔。现在它也许已经被另外一个女孩拿走了。

我们背着行李走了整整一天。奶奶走不快，我们都放慢了速度。爸爸说，我们至少每天要走十英里，最好能再多走些，照这样计算，我们每天需要走四个小时，加上中途休息

[①]纱丽是印度、孟加拉国、巴基斯坦、尼泊尔、斯里兰卡等国女性穿的一种传统服装，一般由丝绸、棉麻等面料制成，不同的地方有不同的穿法，通常是围在长衬裙上，从腰部围到脚跟，然后将末端下摆搭在肩上。常与短上衣搭配。

[②]印度女性通常会在眉心妆饰一颗红点，即"眉心贴"，也称"吉祥痣"，有吉祥喜庆的寓意。它既有宗教意义，又暗示着等级和婚嫁与否。它一般是红色圆形的点，有时候也可以是水滴状，也可以是绿色、黑色、蓝色的。

的时间，每天应该有五到六个小时在路上。今天是第一天，我们走走歇歇，走了七个小时，大概走了十五英里。爸爸要我们每隔一小时只喝一小口水，这并不容易，不过当爸爸说可以喝水的时候，我只抿了一小口。我看见阿米尔偷偷喝了几口，但我没说什么。

今晚，爸爸给我们找的要过夜的地方，就在沙漠灌木丛附近的一块大石头旁边，看起来像个山洞。他不想跟其他停下来过夜的人离得太近。爸爸很注重私人空间。在家的时候，我们也不常有客人。我想，他唯一亲近的朋友就是艾哈迈德医生。爸爸喜欢精心准备的派对，但是他说，从医院下班回到家后，他只希望安安静静地待着。我觉得，比起招待客人、让大家开心，爸爸更喜欢救治病人，让他们不那么痛苦。

我们放下行李，爸爸让我们帮他生火，这样动物和虫子就不敢靠近。我和阿米尔找到了一些可以当作柴火的树枝和枯叶。爸爸把树枝架成一堆，把枯叶垫在下面，然后从随身携带的一个盒子里拿出火柴，点燃了柴火堆。我们都坐在那里看着火焰吞噬着树叶，小火舌舔着树枝往上爬。火究竟有什么魔力？我看着它，竟然无法移开自己的眼睛。

火越来越旺，我们把晚饭要吃的罗提和豆子汤在火堆上热了下。我们只带了一个锅，一些罗提、豆子汤、坚果和水果干，还有几袋干豌豆、干扁豆和大米。

"爸爸，"阿米尔坐在地上嚼着干巴巴的罗提说，"我们只有这些吃的吗?"他指了指爸爸手里拿的袋子。"水喝完了怎么办?"他又问。

"省着点喝,一个小时喝一口。我们肯定能找到有水的地方,到时候再把水壶灌满。"

"可万一喝完了呢?"阿米尔说。爸爸将手指放在嘴唇上。

"一个小时喝一口,"爸爸说,"我们肯定能再把水壶灌满。"

"这种地方哪会有水?"阿米尔一挥手臂,指了指周围。

爸爸瞪了他一眼,火光在他的眼睛里跳跃着。阿米尔终于闭上了嘴,转而去照看火。刚刚我们坐下来之前已经检查过地面,确保没有蝎子。睡觉时,我们把带来的一顶很大的蚊帐撑开,它可以罩住我们所有人。我们把食物都装进袋子里,袋口系得牢牢的,水壶的盖子也拧紧了,然后把它们和其他行李都放在身边,以防有动物或其他人来偷。我们围着火坐了一会儿,奶奶唱起了歌,她那高亢的嗓音像蝴蝶一样在空中萦绕。阿米尔拿着一根树枝在沙地上画画。我不想当着大家的面把日记本拿出来,更不想让爸爸看见。但写日记已经成为我的一个习惯,一到晚上我的手指就有点雀跃,想要拿起笔来。天已经黑了,我感受到我的手指开始兴奋起来。于是我从包里拿出日记本和铅笔。爸爸看着我,我正准备动笔写日记。

"那是什么,妮莎?"爸爸问。

"我的日记本。"我特别小声地回答。

"你的日记本?"他看起来比以往任何时候都严肃。

我紧紧握着日记本。"是卡兹送给我的。"现在我明白卡兹当时为什么会说我应该写下将要发生的事。

爸爸把头偏向一边,脸色柔和了些。

"写吧,"他说,"写几分钟就好了。你得好好休息。"

"好的,爸爸。"我把铅笔按在纸上,感到一股电流传遍了我的手臂。我写下了这封信。

爱你的妮莎

1947 年 8 月 20 日

亲爱的妈妈:

我们的水快喝完了。本来还能多支撑几天,可是今天早上打包行李的时候，阿米尔想把奶奶的水壶连同自己的都一起拿着，结果不小心把水弄洒了。当时爸爸在催促他，说他应该多背点东西，爸爸说阿米尔就快是个男子汉了，应该替奶奶背着行李。可是阿米尔太瘦了，像一根很容易折断的小树枝。我敢说奶奶都能比他背更重的东西。他照着爸爸的话去做了，把他和奶奶的行李都背在背上，当他把水壶和铺盖都加到背包里的时候，水壶掉到地上，盖子也弹开了。他刚开始都没注意，但我发现了。我听到了咕嘟咕嘟的水声，然后我看到一股细小的水流在干燥的地上滚动着。

"阿米尔！"我大叫着跑到水壶边。我把它们从沙地里扶正，拾起盖子，迅速拧上，仿佛只要我动作快，流掉的水就能回来似的。奶奶和爸爸都愣住了，只顾盯着我。我抬头看着阿米尔的脸。他的嘴张得很大，眼睛也瞪圆了，看上去那么无助，我不禁感觉胸口作疼。阿米尔可怜巴巴地望着爸爸，那副模样像一只等着被踹的小狗。我提起两只几乎空了的水壶，站起身，面对着爸爸，把阿米尔挡在身后。

爸爸缓缓走向我们。阿米尔垂下头。爸爸的嘴紧紧抿成一条直线。他把水壶从我手中接过去放到地上，然后默默地拿出其余的水壶，摆成一排，他从每一只里都倒出一些水到阿米尔和奶奶的水壶里，把水平均分好，然后把水壶还给我们。

"别再弄洒了。我们的命全在这里头了。"爸爸咬着牙对阿米尔说。

　　阿米尔始终低着头,他点了点头。"对不起,爸爸。"他的眼里泛起了泪光。我整个身体都紧绷起来。别哭,阿米尔,不要哭,我祈祷着。阿米尔向来比我爱哭鼻子,他小的时候常发脾气。当他弄坏了玩具,或者奶奶让他坐好把饭吃完的时候,他就跺脚、大哭,爸爸看他这样,就气得满脸通红。

　　我一直纳闷,为什么阿米尔不像我一样怕爸爸,可能他自己也控制不了自己。通常他发脾气的时候,爸爸最后会把他放在自己的膝盖上,飞快地打几下他的屁股。我知道他打得并不重,但总是可以制止阿米尔胡闹。随后爸爸的脸色就会变得有点恍惚,我能从他的眼睛里看出他懊悔自己打了阿米尔。阿米尔站起来,揉揉自己的屁股,然后坐下来接着吃饭,或是捡起丢在地上的玩具。这是很多年前的事情了。现在阿米尔不怎么乱发脾气了。

　　"你为什么要那样呢?"我记得很小的时候,我们俩还睡在一张床上,我曾悄悄问过他。

　　"什么样?"阿米尔问。

　　"老惹爸爸生气。"我说。

　　"我不知道。"阿米尔说,"只有在我哭的时候,爸爸才会好好看着我。"

　　"他每次打你,自己心里也很难过。"我说。

"这是最重要的。"他说。

现在阿米尔弄洒了水壶,我不知道爸爸是不是气到要揍他一顿。

"我知道你很抱歉。"爸爸只说了这一句。他立即擦掉了阿米尔脸上的泪水。"别哭,得节约身体里的水分。"

我们继续赶路后,我先是松了口气,我知道爸爸不会揍阿米尔了,但紧接着我感到心里有一股怒火。为什么阿米尔不能小心一点?如果我们不能很快找到水怎么办?但我不能对阿米尔说这些,那样我就跟爸爸一样了。我不希望自己像爸爸,我希望能像你,妈妈,我希望自己做一个聪明优雅的人,对别人友善,总是能带来美好。在我心里,你就是这样的,从你的照片里,你的眼睛里,我都能看出来。有时候我希望自己像卡兹,在厨房里安稳地跟蔬菜、调料、菜刀打交道,让食物替我说话。我爱爸爸,但是我不愿像他那样严肃、哀伤。可是,实际上我可能还是跟爸爸最像。阿米尔像你吗?他不是很优雅,但他很少伤心。即便在他伤心的时候,他也会很快高兴起来,很快又会活蹦乱跳,眼睛放光。在他身上,快乐总是占上风,而我则相反。

今天我们尽量少喝水,我的喉咙变得干巴巴的,双腿也开始打哆嗦,我感觉自己像快要热化了的肉冻。路上,我们发现了几处杧果园,每人摘了一些杧果带在身上。爸爸说一天只能吃两个杧果。我已经吃了一个,留着另一个等过几个小时再吃。一路走着，我能感觉到背包里的杧果撞击着我的背。趁我们在岩石旁休息的时候，我终于把这颗果子吃了。我把皮咬开，然后剥掉皮，咬了一口，顿时满嘴都是浓郁的杧果汁，我不禁颤抖了一下。我的牙齿浸没在松软熟透的果肉里。我们最近只吃放了很久的罗提和豆子汤，水也喝得少，现在吃一口杧果，感觉就像在吃用蜂蜜和黄油做的水果蛋糕。我真想一直待在这里休息，吃着杧果，任凭微风拂过我的脸，就仿佛我在度假似的，而不是在逃离唯一的家。

卡兹习惯将杧果切成四块，他会先从扁平的两边切下两大块，再沿着杧果核的侧面切下两小块。我和阿米尔总抢着吃杧果核，我们喜欢一口一口把核上的果肉都吃干净，让黏黏的果汁沾满手和脸。

我们差不多走了 18 英里。罗提和豆子汤就快吃完了，但我们还有米、豌豆和扁豆。到了拉希德舅舅家，他会对我们好吗，妈妈？现在去见他感觉很奇怪。我有点激动，又有点害怕。他讨厌爸爸吗？一直以来，你的弟弟就住在离我们 65 英里远的地方，而我和阿米尔完全不知道。

即便我只是坐在这里写日记，我的脚都像火烧般的疼痛。我只有一双穿旧了的皮凉鞋，脚上磨出了水泡，我用清凉的树叶裹在水泡上，但叶子一直散开来。我疼痛的脚踩着的这片土地不再叫印度，而是叫巴基斯坦，现在想起这个，仍然觉得怪怪的。我为那些用马车运载或是用自己的背驮了太多东西的人感到难过。他们想带走的太多，一路上可不轻松啊。

爸爸说一旦跨过边境，他能很快找到工作，毕竟人们总是需要医生的。他还说，他的哥哥们会在焦特布尔给我们找一个新家，家里要用的东西都会换成新的。所以我们几乎什么都没带。我想，幸好爸爸是医生。这是现在唯一让我感到幸运的事。我躺在垫子上准备睡觉，背贴着地面，透过像雾气一样的蚊帐仰望着晴朗的夜空，喉咙里传来一股尘土的味道。

爱你的妮莎

1947 年 8 月 21 日

亲爱的妈妈：

今天醒来之后，我全身都感觉糟透了。我的舌头粘在了上颌上，头昏沉沉的，像被重重地敲打了似的，手指刺痛得厉害。我想坐起来的时候，手臂和腿像是灌满了沙子。

"阿米尔。"我把阿米尔推醒，"你有没有觉得不舒服？"

他嘟囔了几句，我没听明白他在说什么。我把头转向爸爸，他睁开双眼，我们以从未有过的方式看着对方，那一刻我们不像是父女，而只是两个都感到害怕的人。突然，我意识到他不仅仅是我的父亲，也是一个普通人，仿佛有一扇神秘的门在我面前打开了。然后他眨了眨眼睛，我刚刚那种感觉又消失了。

我爬过我的垫子，绕过又睡着了的阿米尔身边，然后屈着双膝直起身，面对着爸爸。他把手放在我的肩上。

"今天我们会找到水的。"他说。

我点点头。我想问他怎么找水，却又不想他把手挪开，所以我没吭声，但他还是把手拿开了。我知道如果今天没有水喝，我们不可能走十英里。壶里的水只够喝几口了。

"你嘴巴很干吗？"爸爸问。他起身盘腿坐在他的垫子上。

"还好。"我用沙哑的声音小声回答，转过身去。

爸爸靠了过来，让我张开嘴。我照他说的做了。他眯着眼，用有力的手指按着我的脸颊两侧，检查我的口腔。他又翻了下我的眼皮检查我的眼睛，还检查了我的脉搏，然后他轻轻捏了下我的手背。

"还好。"爸爸说,"你还能坚持一天。"

坚持一天,然后呢?我不想知道。爸爸又去给阿米尔检查。他摇了摇阿米尔的肩膀,阿米尔闭着眼睛呻吟了两声。

"阿米尔。"爸爸大声喊他。

阿米尔动了动,扭头对着爸爸。奶奶也过来蹲在阿米尔旁边。

"坐起来。"爸爸严厉地说。

阿米尔只是眨了眨眼。

"坐起来。"爸爸提高了嗓门。

阿米尔硬撑着坐了起来。

"我不舒服。"阿米尔用嘶哑的声音说,他的皮肤变得很干,眼珠子都凹陷了。爸爸也像给我做检查那样,检查了阿米尔。但爸爸没有告诉阿米尔他还能坚持一天。

"你还有水吗?"爸爸问阿米尔。阿米尔摇摇头,看着地面,惭愧地弓着背。他把一根手指戳进沙地里,画了一条又一条线。很快地上出现了一棵树。

爸爸把自己的水壶递给阿米尔,阿米尔摇摇头。

"拿着,你必须喝水。"他把水壶塞给阿米尔,打了一下他正在画画的那只手。

"爸爸。"阿米尔拿起水壶摇晃了一下说,"只有一口水了。我不配喝这最后一口水。"

"瞎说。"爸爸说,"喝吧。"

阿米尔喝了一小口。"对不起,爸爸。"他说着又垂下头,盯着自己画的那棵树。

我走到我的背包边,掏出我的最后一个杧果,给了阿米尔。

"你应该还剩一个杧果吧?"爸爸问阿米尔。阿米尔点点头。我们每个人都还剩一个杧果。

"我们把杧果都吃了吧,今天还会找到更多。妮莎你吃你的。阿米尔他自己有。"

"还有水,"奶奶说,"我们必须找到水。"奶奶的声音听上去也很干涩。

我看着奶奶,她脸色苍白,眼窝都陷进去了。可怜的奶奶。她本该舒服地坐在她最喜欢的椅子上,一边缝补着爸爸的衬衫,一边轻轻哼着歌。尽管我不敢说出来,但我对所有领导人都烦透了,不管是真纳还是尼赫鲁,他们本该比一般人聪明,本该保护我们,本该确保现在这种事情不会发生。我甚至气甘地没能阻止这一切。

爸爸看起来还不错。没有什么事情能击垮他。事实上,我印象中他就没有生过病,一次也没有。这怎么可能呢?他明明一直在跟疾病打交道。也许爸爸并不是普通人,而是一个在护佑着我们的神。爸爸的名字是苏雷什,这个名字的意思是他是众神的统治者,是守护神,这也是毗湿奴的别名。也许在他给我和阿米尔检查身体时,那种忧虑的眼神只不过是摆摆样子。妈妈，你是否也这么想过爸爸呢？

爸爸让我把我壶里的最后一点水喝了。我喝了一口，便把水壶递给奶奶。

"不，不，乖孩子。"她拍着我的手臂说，"我还有一点水。"

但我根本没看见她拿出水壶喝水。我又把壶递给爸爸。

"你喝了吧。"他说，眼神里透着一丝严厉。我照做了，那仅剩的一点点水缓缓滑下我的喉咙，可这根本不够啊。我想不出还有什么比一桶桶清凉干净的水更美妙的了。我把最后一个杧果吃了，但是我的舌头已经麻木，几乎没尝出什么味道来。厚厚的果肉粘在我的嘴唇上，我更想喝水了。

我们默默地收拾行李。通常我都是最安静的那个，总是被家里其他人的声音环绕着。我喜欢那些声音，喜欢阿米尔的喋喋不休，奶奶的歌声和祈祷声，爸爸让我们做这做那的指挥声。还有卡兹，他会在厨房里跟我聊天。他是家里唯一不介意我在聊天时不回话的人，这反而让我想说更多的话。此时，寂静像一层薄雾笼罩着我们，我们卷起垫子，收拾好装食物的袋子，把它们打包背到背上。趁奶奶没注意，我拿起她的水壶摇了摇。水壶是空的。

我庆幸我们只带了很少的东西，但是想到水，我就觉得带一马车都不嫌多。在家那会儿，我从来没有担心过水的问题。运水人巴塔每天从山上的井里打水，送到我们的院子

113

里。他用一根大扁担挑着两个皮口袋，开心地吹着口哨上山，仿佛他挑的是轻轻的羽毛。我从没想过水有多重，也没想过我们是多么幸运，每天都有人给我们送水。羞愧感像波浪一样在我的心里翻涌着，这让我更加难受了。

此刻，我唯一想要的只有水。除了口渴，还因为离家后我们甚至连脸都没洗过。泥土、沙尘和汗水交织在一起，仿佛化成了一层薄薄的毛发盖住了我的身体。我的脚上满是泥巴，牙齿变得跟杏皮似的。奇怪的是，我们甚至都不上厕所了。我背起背包和铺盖卷，努力不去想水的事。我看见一家人从我们身边走过，跟我们去往同一个方向。其中有个女孩比我小几岁，我看了她一眼，只见她的头发和衣服又脏又乱。她就像一只受了惊吓的小动物，还被背上的行李压得直不起腰。也许在她眼里，我也是这副模样。

爸爸向前追上了那家人，他把头转向那家的男主人，似乎在和他说些什么，我猜他准是在用坚定而又温和的医生口吻跟别人说话，不管多糟的情况，从爸爸嘴里说出来总会让人觉得一切都还好。他指了指我们，又转身对着那个男人。那个男人摇摇头，爸爸走了回来。

"你说了什么，爸爸？"阿米尔问，好奇心使他变得兴奋。

"我想跟他们要一点水，我说可以拿食物做交换。但是他们也只剩一点点了，而且还有四个孩子等着喝。不过他说下一个村子里有自来水,再走一个小时就能到了。"

"他怎么知道的?"阿米尔问。

"动动你的脑子,村子里总是有水的。"

阿米尔不敢再问问题了。爸爸对待阿米尔的方式还是老样子,就像他面对的是一只讨厌的苍蝇,可这却让人感到一丝丝安慰,就好像我们回到了从前。尽管如此,我还是希望爸爸能对阿米尔好一些。阿米尔只是诚实地在做自己。我想爸爸也是,我们都是。只是有些人比其他人更擅长做自己。

我们继续安静地赶路。爸爸走在最前面,然后是我、阿米尔和奶奶。我们的前后都有人。脚下的土地非常硬,炽热的阳光照在我们身上,使我们的身体更加干燥。我想起了卡兹,他常常把杏、杧果、西红柿切成薄片晾在太阳底下晒。我很喜欢吃水果干,它们很有嚼劲,没有多余的水分,尝起来就是果子原本的味道,还带着些阳光的气味。阿米尔从不喜欢吃水果干,他说它们会让他联想起老人的皮肤。我感觉我们现在就跟杧果干一样皱缩起来了。

我放慢了脚步,好让阿米尔能跟上我,并回头看了一眼。他不像平常那样蹦蹦跳跳地走路了。

"你还好吗?"我悄声问他,拍了拍他的肩膀。

他点点头,眼神却黯淡无光。

"真的?"我的心紧了一下。

他又点点头。

"如果你不舒服，可以告诉我。"我说。

"妮莎。"他咬着牙说，"别说了。"

我闭上嘴巴，退到他身边跟他并排走着。

阿米尔走得很慢，我们快有点跟不上爸爸了，但我不在意。我尽可能配合阿米尔的步伐，让我们的脚同时踩地，同时离地。我把这当作游戏，我们的脚步声在我的脑海里变成了一首歌的调子。那是我听过的一首老歌，小时候，奶奶常在睡觉前唱给我们听。阿米尔喜欢跟着奶奶一起唱，奶奶就会让他闭上嘴，告诉他，如果他跟着唱就睡不着了。我记得我也希望他安静，我只想听到奶奶的歌声。有时候我会闭着眼，当作是你在给我们唱歌，妈妈。不过，阿米尔只会安静几秒钟，就又跟着唱起来。我这才意识到有很久没有听到阿米尔唱歌了。我现在多希望能听到他唱歌啊。

爱你的妮莎

1947 年 8 月 22 日

亲爱的妈妈：

我们的情况并不好。我已经没有力气写字了，可如果我们死在这里，但愿有人能找到这本日记，但愿有人知道我们经历了什么。我们几乎看不到希望。现在正是雨季，但这里没怎么下雨。我们出发之前下了一场雨，现在我们那么需要雨，天空却跟我们的喉咙一样干。我时不时地抬头看有没有乌云，然而天空是一片炫目的蓝。妈妈，你能给我们送点雨来吗？

我一点都不相信爸爸是毗湿奴了。当我们离村子越来越近，我听到了人们的说话声、喊叫声和哭泣声。接着我看到人们在水泵前排起了长队。我们站到队伍的末尾，爸爸走上前去。

"待在这里，我去看看怎么回事。"他说。

我们看着他往前走，人们的声音越来越大，我们听到有人大吼一声，接着是一声尖叫。队伍开始松动，大家都想看看发生了什么。

阿米尔也开始往前走。

"别过去。"奶奶在后面叫他，但他没有停下来。

深夜日记

"阿米尔!"我喊道,他没有转过身来。我跟奶奶待在原地,心里却很想跟上去看看。

"奶奶,我们能过去吗?"我小声问她。她攥紧我的手,弄得我都有些疼了。

"别犯傻。"她轻声对我说,自己却伸长脖子想看看发生了什么。喊叫声一阵一阵地传来。阿米尔慢慢地走了回来。通常他遇到什么特别的事,准会兴奋得又跑又跳,而我往往一遇见事就会连站都站不稳,此刻我可以看出来,他比我以往任何时候都感觉更糟糕。他的双眼仿佛覆盖了一层薄膜,但我依然能从他的眼神里看到惊恐。

"一个男人偷另一个男人的水,还用刀砍伤了那个男人的胳膊。爸爸正在给他止血。"

奶奶连忙用手捂住嘴。那一瞬间,我想的不是那个人在流血,也不是那把刀,妈妈,我只是在想,如果爸爸帮助了那个人,就会有人给我们水喝。我嫉妒那个偷了水跑掉的人。干渴竟然让我产生了这样的念头。

我不知道阿米尔和奶奶是否也有跟我一样的想法,但我不能问他们。我看见在几英尺①以外的地上有一个很大的水壶,边上没人。水壶稳稳当当地立在地上,看得出来它很重,可能里面装的是水。我朝着它一步一步地挪动着。如果

---

① 1 英尺等于 0.3048 米。

我能痛快地喝上一口,再迅速地让阿米尔和奶奶都喝点,我们就能再坚持一天。我挪动着脚步,终于到了水壶跟前,我伸出手。这时,我看见一双脚朝我飞过来,一个男人抓起水壶,扬起的尘土扑面而来。我往后退了一步,那人冲我咆哮了一声。他就像猛兽一样朝我咆哮,我像小猫一样往后退缩。奶奶把我拉回了队伍中。

"妮莎,你在干什么?站过来一点。"我呆呆地站在奶奶旁边,一动也不敢动。

我们离水泵又近了一些,阿米尔在我们前头慢慢地走着。我看见了爸爸,他跪在一个男人旁边,地上有一摊血。他把一件衬衫捆在那个男人的伤口处。那个人双眼紧闭,头向后仰着。一个抱着婴儿的女人站在他身边哭泣,不停地用披肩擦着眼泪。一个男人站在那里用力压着水泵,他一直压啊压啊,可一滴水都没有流出来。人群开始散开。

我看了一眼爸爸身旁那个男人,又看看四周,想找一找附近是否还有水壶。我看到伤者旁边就有一个,他用没受伤的那只手攥着它。还有人到水泵前去试,即便前面的人都没有收获。爸爸包扎好那个人的伤口,就指着我们,问他是否可以给我们喝口水。我往前走了几步,把嘴微微张开,想象着水滑入我喉咙里的感觉。那个人看着我,又看了看奶奶和阿米尔。他快速站了起来,说了句"不够",就抱着水壶一瘸一拐地走开了,身后跟着他的妻子和孩子。

深夜日记

我想抓住那个男人的肩膀。我们有资格喝他的水！如果不是爸爸帮他,他可能血流不止,早就死了。把水壶夺过来,爸爸,我想尖叫,去夺过来呀。然而我只是低下头,盯着地上的那摊血。

爱你的妮莎

1947 年 8 月 24 日

亲爱的妈妈:

以前我从没有真正想过死亡这件事。我的意思是,我知道有一些人死去,但是我从来没有想过自己从这个世界消失。也许你会以为,对于死,我本该知道得更多。我见过很多人死在医院的病床上,他们翻着白眼,嘴还张着;我见过他们死后,身体被床单盖住;我见过他们躺在棺材里,身上铺满鲜花,被他们的家人推去火化。爸爸的大哥维贾伊大伯在两年前死于心脏病,我看到他在火化之前,尸体上盖着白布,周围整齐地摆放着橘黄色的花,他看起来很平静,就像是睡着了。

昨天早上,我以为我们都要死了。先是阿米尔,然后是奶奶、我和爸爸,我感觉我们会按这个顺序死去。我们就像火焰一样,将在安静的夜里熄灭。我的脑海里全是墨汁般的黑色,就仿佛有人把我关在了一个盒子里。五天前,我们还睡在卡兹的屋子里。卡兹。他现在在做什么呢?想到这里,我的心都疼了。

离开村子后,我们都太虚弱了,没走出多远,就找了一个有树荫的地方,彼此挨着躺了下来。每隔一会儿,爸爸就会捏一下我们的皮肤,检查我们的脉搏,然后盯着空气发呆。奶奶喃喃地祈祷着,还给我重新编了辫子。阿米尔平躺在他的铺盖上,仰望天空。他握着一颗滑溜溜的鹅卵石,拿在手里翻来翻去。有时候他会闭上眼睛,我不时注意他握着的鹅卵石。他的手有那么一会儿一动不动,但几分钟以后,他就会转动一下手里的石头,我的心就没跳得那么快了。如果我看着阿米尔那张苍白的脸,我会哭,所以我就只盯着他手里的鹅卵石。我从未见过他这样安静。

我甚至都不感到口渴了。我什么都感觉不到了。我后来只知道爸爸在夜里把我们叫醒了。空气变得凉丝丝的。我望着那满是灰尘的平坦土地,看到远处的地平线上微微闪耀着蓝色的光，天快要亮了。爸爸又找来了一些杧果，他什么时候去摘的？他剥掉杧果皮。

"吃吧，"他把杧果递给我们每个人，"必须吃。把杧果汁都吸光。"

我们接过三个滑溜溜的杧果，有气无力地吃起来，像小婴儿一样吸吮着汁液。阿米尔本来坐不起来，是爸爸用一只手扶着他，喂给他吃。他的眼神有些涣散。我的喉咙哽咽了，我爬到他旁边，握住他冰冷、骨瘦如柴的手。如果我失去了弟弟，我想从今以后我再也不会开口说话了。

我们吃完杧果，爸爸蹲在我们围成的小圈子前，面对着我们。

"听着，"他用沙哑的声音说，"再走一英里，就会到另一个村子。我们现在就得出发了，我们得拼尽全力往那里走。"

我们点点头，摇摇晃晃地站起来，身体像不受使唤似的收拾好东西。我感到小腿一阵痉挛，一下子就倒在了地上。我的腿从昨天就开始抽筋。我看到阿米尔和奶奶也是如此。可爸爸却没有抽筋，或者他只是不让我们知道。他让我们用力弯曲双脚，再搓一搓腿上的肌肉，他说这样痉挛就会消失。爸爸把阿米尔扶起来的时候，阿米尔弓着身子，把杧果全吐了出来。

奶奶走过去，在爸爸耳边轻声说了什么。她摇了摇头，爸爸点点头。他们又嘀咕了几句，我听不太清。爸爸扶着阿米尔重新坐下。我揉搓了肌肉后，腿不再抽筋了。

"我看你们走不了了，就跟奶奶在这里休息吧。"爸爸对我和阿米尔说，"我去弄点水回来。"

但是万一我们在你回来之前就死了呢？我很想问他。我不想死，不想就这样死掉。如果有什么不错的死法，我想那应该是当我年纪大了，所有爱我的人都在身边，我的心脏慢慢停止跳动，那时我已经活满了一生。但是现在我们还没活够！妈妈，你也没有活够呢。想到这儿我本来要大哭的。可我哭不出来。我一点力气都没有了。

爸爸表情凝重地看着我们，他用手掌贴一贴我的脸颊，又再次检查了阿米尔的脉搏。我看见他握住阿米尔的手，看向奶奶。

"要一直跟他说话。让他吃一点杧果，但不要吃太多。"

爸爸说完就拿着两个水壶，朝大路走去。

"阿米尔，"我躺在他身边说，"我们来数数吧。"他微微转向我。"我们数一数爸爸走一英里来回，要走多少步。不会太久的。他一定能给我们拿水来。"

我开始轻声数数。阿米尔用他那双乌黑的大眼睛看着我。我的思绪飞回很久以前在家里的一个晚上。那晚阿米尔肯定是做噩梦了，他尖叫着惊醒过来。当时我们大概是七岁。我起身坐到他身旁，他又躺下，我握着他的手。我告诉他尽量大声地数数："只想着数字，那样就不会想别的了。"我们一起数，他眨着眼睛看着我。终于，他又睡着了。从那以后，只要他做噩梦，我就这样陪他入睡。现在，我们正活在一个噩梦中。

奶奶蹲在阿米尔的另一边，喂了他几小口杧果。我吃了杧果感觉好多了，脑袋清醒了一些。我数到一百、两百，又数到了一千。我想象着爸爸坚实的脚步落在沙地上。阿米尔紧闭着眼，双腿在抽搐。我看着他的胸口一起一伏，一起一伏，他的呼吸很缓慢，我每数三下脚步，他吸气一次，我又数三下，他呼气一次。奶奶盘腿坐着，轻声哼着什么，时不时拍拍阿米尔的肩膀。我看着我可怜的奶奶，她那件金褐色的纱丽沾满尘土，脸上干得像是又多了几条皱纹。她的发髻散了，一根灰色的长辫子搭在她一边的肩膀上。一股羞愧的感觉袭来，我的脸变得火辣辣的，多少次我曾希望她不要再从牙齿间发出嗞嗞声，希望她不要再让我做家务活，希望她不要把我的辫子编得那么紧或是那么松。她爱我们。她就像一条柔软的旧毛毯，我几乎忽略了它的存在。但不管我们如何对待她，奶奶一直这样陪伴着我们。

"奶奶。"我叫了她一声。

她抬起头。

我想把话咽下去，但是我的嘴巴不听使唤。"我爱你。"

她朝我挥挥手，又摇摇头。她是对的。我不该说这样的话。但是我需要说出来，万一以后没有机会了呢。我们从未对彼此说过这样的话，但我并不遗憾，因为我们所做的一切就在表达着爱。现在我明白了：奶奶给我洗衣服、缝补衣服，爸爸在睡前亲吻我们的额头，阿米尔画我的画像，卡兹给我做我最爱吃的包着炸洋葱和土豆的帕罗塔——这样的事每天都在发生，这都是爱，即便是阿米尔和爸爸之间也是充满爱的。为什么过去我没有看到这些呢，妈妈？现在明白还来得及吗？我伸手拉住奶奶那干裂的黄褐色的手，紧紧握了一下。她也紧紧握了一下我的手。

我没有停止数数，我可以一边想事情，一边数数。偶尔我也忘了数到哪里。差不多一个小时过去了，我数到了三千。现在我需要数四下脚步声，才会看到阿米尔呼吸一次，过了一会儿，数四下都不够了，我得数五下……我摇了摇阿米尔，但他没有睁开眼睛。

"阿米尔。"我在他耳边轻声呼唤，再一次晃晃他。他没有反应。

"奶奶，"我看着阿米尔说，"他醒不过来了。"

奶奶摇了摇他的肩，往他嘴里塞了一块杧果，但他的嘴一动不动。奶奶的眼睛里露出了慌张的神色，她把头贴在阿米尔的胸口上。

"他还有气。"她小声说，然后抬头望向天空。她开始哭着祈祷，声音不大，听起来却很痛苦。我希望她停下，不过我也抬起头,想看看她在看什么。然后,我感觉有一滴水落到了我的头上,头皮有些刺痛。我看了看周围。难道是我的幻觉吗?奶奶继续哀声祈祷着,我又感到有一滴水滴了下来。奶奶止住了声,看着我。

"感觉到了吗?"她问我。

我点点头,我们都仰望着天空。越来越多的雨滴落了下来,我看到有一滴落在阿米尔的额头上,但他仍然没有动。

雨越下越大。我仰着头张开嘴。雨点打在我的嘴唇上。

"妮莎,我们得把水装起来。"

雨水不可思议地落下来,打在我的胳膊上、脸上,竟使我有点眩晕。该拿什么来装水呢?我忽然想起放在包里的研钵和碾槌。我从包里取出它们,把包在外面的围巾打开。自从出门后,我还没把它们拿出来看过。仅仅是把它们拿在手里,我就感觉又回到了我们的厨房。奶奶用惊讶的眼神看着我,但她什么也没说。我把大理石研钵放到地上,这个小白碗的底部还留有碾碎的香料的痕迹。雨落在研钵里。我的喉咙很疼。很快研钵里接满了水。我浑身每个细胞都渴望着将这钵里的水一饮而尽,但我还是端着它蹲到了阿米尔身旁。

"阿米尔,醒醒。有水了。"我的声音听上去低沉而沙哑,都听不出来是我在说话了。他还是没动。我慢慢地往他嘴里倒了一点水,揉一揉他的喉咙,帮助他把水咽下去。他咽进去一点点，随即咳了一下，接着他眨了下眼睛，连声咳嗽起来。

"喝吧。"我用干巴巴的声音在他耳边尽量大声说。奶奶走过来抬起他的头，我又往他嘴里倒了一些水。这次他多喝了一点。接着，在倾盆大雨之间，我听到远处有人声传来。我仔细去听，却又听不到任何动静了。我继续把注意力放到阿米尔身上。他还是闭着双眼。我仰面朝天，让雨水填满我的嘴，我咽了一大口，这是两天来我喝到的第一口水，凉丝丝的，还有点甜。这雨水在此刻就像是流动的钻石。

"阿米尔，妮莎！"我听到有人在唤我。我眯眼望向雨中，只见有一个人影朝我们走来，他手中提着水壶，身上都湿透了。

"他回来了。"奶奶说。

我心里一阵翻腾，整个身体都在呐喊，它并不像是我自己在心里喊叫，更像是一头野兽在呼号。

倾泻而下的雨帘遮住了爸爸那黑沉沉的身影，直到他走近，我才看清。他站在我和奶奶面前，而奶奶正蹲在阿米尔旁边。爸爸蹲到阿米尔另一边，把水壶放下。他的脸奇怪地扭曲着，我从未见过他这样。他俯下身子，把额头贴到阿米尔胸口上。然后他抬起头，捂着脸。他在哭吗？我从未见爸爸大哭过。当他把手放下的时候，我看见他是在笑，雨水顺着他的头和脸向下流，他张开手臂伸向天空。

"也许有神明在听。"他用几乎哑了的声音说。他搂住我和奶奶的肩膀,把我们拉到他的怀里,我们头抵着头,用身体搭起一个帐篷,帮阿米尔挡着雨水。爸爸爱我们。我知道我会永远记住这个时刻,把它存放进我的脑海里,就像我随身带着卡兹的研钵和碾槌、家里的泥土和你的首饰一样,妈妈。

我抓起水壶,猛地往嘴巴里灌水,那感觉就像快窒息时重新呼吸到了新鲜空气。爸爸将水壶从我的嘴边拿走。他生我的气了吗?是我太贪心了吗?

"慢慢喝,你不想吐出来吧。"

我点点头,松了一口气。奶奶也喝了一些水。

爸爸又转身对着阿米尔。他扶着阿米尔稍稍坐起来,让他靠着奶奶,然后他检查了阿米尔的脉搏,再用力摇了摇他。

"醒醒,阿米尔。"爸爸说。

阿米尔的眼睛睁开又闭上,但他轻轻地笑了笑。

我和奶奶对视了一下。

"爸爸。"阿米尔发出沙哑的声音,他终于睁开了眼睛,拉了拉爸爸的胳膊。

"我在。"爸爸严肃地说。

"我们已经死了吗?"他笑着问。

"你这个小坏蛋。"爸爸用一只手轻轻打了他一下,另一只手则拿着水壶喂他喝水。

原来是个玩笑。阿米尔在开玩笑。我实在是太开心了。我弯下身子亲亲他的脸颊。我觉得我们会活下来，妈妈。我们喝完水休息了一下，又喝了些雨水，我开始打哆嗦。我看了看阿米尔，他醒着，也在发抖。奶奶看起来也很冷。

"我们得找个地方避避雨。"爸爸说，"我在去前面村子的路上看见了一个不错的地方，一间小屋，离这里不太远，大概半英里。"

爸爸从他包的底部翻出一把开心果，我们每人吃了三颗。开心果吃起来有一点甜津津的肉味，让我想起了我有多饿。

我们扶着阿米尔站起来。奶奶和爸爸各将他一只胳膊搭在自己身上，搀着他走。他们跟在我后面。我不喜欢做我们这支队伍的带头人，但是爸爸说这比我跟在后面要安全些。我得拿两个水壶、阿米尔的包和我的包，还有我们两个人的铺盖卷。我把它们扛在背上，身体被压得颤颤巍巍的。爸爸扛着他和奶奶的行李。我们又回到了大路上，路上的每个人都被雨淋得湿漉漉的，行李也因为浸了水而变得更沉了。我看着自己的脚，看着它成功地迈出一步又一步，我暗暗发誓在到达目的地前，专心走路，不再看其他地方。途中我们停下来好几次，让阿米尔休息。

"我走不动了，爸爸。"当阿米尔第三次摔倒在泥淖里时，他对爸爸说。他看起来如此无助，水顺着他的头往下流，他把眼睛睁得大大的，眼珠子仿佛陷进去了一般。我的心里又燃起了怒火。如果甘地跟我们一起赶路，他是否能告诉我为什么我们像一群饥饿的羊羔被放逐在荒郊野外？也许那些统治者在做出将印度一分为二的决定时，就是这么看待我们这些人的。我再次问自己，这与独立究竟有什么关系？

"你可以的。"爸爸用他冷静的医生语气对阿米尔说，我从未听过他用这种语气跟阿米尔说话。他把手伸给阿米尔。"再走几分钟就到了。"

我们等了一会儿，阿米尔再次缓缓地站起来，把胳膊搭到爸爸和奶奶身上。我们和其他的家庭一样，像落汤鸡似的蹒跚地走着。现在对于我们来说，水真是过于多了。事情变得可真快啊。透过哗哗落下的雨水，我能看见前面村子里的小屋。爸爸说向左转。一间破旧的木屋出现在我们面前，但却没有入口。我们又绕到另一边，看见至少有三家人挤在这间小屋子里，他们都坐在地上。从他们的穿着和男人头上戴的小帽来看，他们应该是穆斯林。小屋的门早就散架了。我紧跟在奶奶后面，爸爸带着阿米尔走近了些，往屋里看了看。

我看着前面的阿米尔，他几乎整个人都靠在爸爸身上，身体抖得厉害。我握着奶奶的手，她的手也在抖，但比阿米尔好些。我自己也在哆嗦，不过感觉比早上好多了。尽管下了雨，天还是热的，但是雨水浸透了衣服，刺骨的湿冷让阿米尔有点受不住了。爸爸走进了屋子。

"我们得避避雨。我儿子要是不能暖和起来，会死掉的。"爸爸对里面的人说，他的语气那么平淡，听上去像是在给他们播报天气情况。没人吭声。我只听到雨水噼里啪啦落在屋顶上。一个男人抬起头直视爸爸的眼睛。他们互相注视着，其他人都看着他们。我想起之前听说的在火车上发生的事情。我想起爸爸说过，印度教徒、穆斯林和锡克教徒在互相残杀。

"求求你们了。我们不会惹事的。"爸爸打破了沉默，他的嗓子像破裂了似的。那个人微微点点头，用下巴指了指墙边。大家开始挪动，给我们腾了块地方。我一直低着头。

我们靠墙蹲下，然后盘腿坐在地上。阿米尔坐在爸爸的腿上，爸爸像搂着小婴儿一样搂着他。我和奶奶坐在他们旁边。我离墙最近，奶奶坐在我身旁，靠着我湿漉漉的胳膊。几分钟后，我感到身子暖和些了。我扭头看了看阿米尔，他还在发抖。又过了几个小时，他才终于不抖了。

雨突然停了，太阳冲破云层炙烤着大地，根本看不出几分钟之前这里还下过瓢泼大雨。看到这曾经差点把我晒死的太阳，我心里竟然感到十分欢喜。大家都开始往小屋外面走，没人说话。穆斯林家庭收拾好他们的东西，我们收拾好我们的。爸爸恭敬地向那个男人点了点头，那个人也冲爸爸点点头。然后我们各自上路,朝不同的方向走去。

现在,我们渴了能喝上水了,水壶里灌满了雨水,沉甸甸的。阿米尔看起来走得稳当了些,我们加入了赶路的人潮中,人越来越多,大家都在赶往很远的边境。我很好奇,边境到底是什么样子的。难道那儿真有一条线,一堵墙,还有士兵把守?我还从未见过国家与国家之间的边境。阳光落在我的背上,宛如一双温暖的大手。往前走,妮莎,它对我说。妈妈,是你在说话,对吗?

过了一会儿,我们找到一堆灌木丛和岩石,可以在那里露宿。许多人都找了地方准备过夜了。我有时候会想,为什么我们不能跟别人说话呢?通常,这么多的人聚在一起会非常热闹——大家互相招呼着,聊天、说笑、斗嘴,就像平日里的菜市场一样。而现在,一切都变了,会一直变成这样吗?

爸爸说,趁着太阳还高挂在空中,今天我们早点停下来休息,他让我们把行李都摊开来晒一晒。阿米尔坐在地上,靠着一根细细的树干休息。奶奶展开我们的铺盖卷和蚊帐。我迫不及待地用颤抖的手从包里翻出日记本。包在外面的披肩湿了,但日记本只有封皮沾了些水。一种快慰的感觉从我的胸膛蔓延开来,延伸到我的胳膊、腿和指尖,甚至延伸到我脏兮兮的指甲底下。我展开披肩,把我另一件沙瓦克米兹和内衣铺在上面,又从包里拿出首饰、家里带来的泥土、研钵和碾槌，把它们都放到披肩上，我把日记本放在最上面。我不再费心去藏什么，爸爸看都不看一眼我这些东西。

他开始捡干树枝生火，我也帮他捡。灌木丛下面有很细的树枝，看着不太经烧，好在我们捡了很多。我们还从一丛灌木的最底部折下两根干燥的粗树枝。他从包里拿出扁豆和米，看着奶奶。

"该放多少到锅里？"

"爸爸，"没等奶奶回答，我抢着说，"我来吧。"我看过很多次卡兹煮豆子了。不过，我们现在不仅没有调料，还得把扁豆和米混在一起煮——卡兹在家是绝不会这么做的，因为这会使米饭变得很烂，可我还是想做饭，我想看着水沸腾翻滚，想闻一闻饭煮熟时那甜甜的、带着坚果香气的味道。

爸爸点点头，他嘴角上扬，轻轻地笑了笑。我从他手里接过那两个有点湿的袋子，倒出一半扁豆和一半米到锅里。我的手依然在哆嗦，但空空的肚子驱使着我赶紧做饭。我注意到阿米尔在看我，奶奶也在看我。他们静静地看着我，仿佛我要表演魔术似的。接着我往锅里倒水，让水刚好没过豆子和米，这样如果有需要，还能再加水。爸爸一直把火柴放在他那个皮制的小医药箱里，所以它们没有被打湿。但那些碎木头太湿了，无法点着。我们只好又去树下找树枝，并把湿树枝连同一些干树叶放在太阳底下晒。现在只能等了。

过了一会儿，我们又试着用树枝来点火，但还是怎么都点不着。我恨不得用手捶地,大声尖叫。我从没有尖叫过,至少在我的记忆里我没有这样做过。也许当我还是婴儿的时候,我也曾尖叫。我经常听到阿米尔尖叫。他跑下山坡经过菜园子时,会开心地尖叫;我们吵架的时候,他会生气地尖叫;当爸爸告诉他,如果他学习没有进步,就要把所有的绘画材料都收走时,他会冲爸爸尖叫,惹得爸爸打了他的脸。当然他之后没有再这样冲爸爸叫嚷过。我总是担心如果我尖叫,整个人都会碎裂,变成无数碎片。可是,当我看着又一根火柴在湿木头下熄灭,我感觉喉咙里有一股力量在涌动。我想象得出自己正在尖叫。

我搅拌了一下放在太阳下的锅,舀了一勺生的扁豆和米放进嘴里。我感觉自己像是在嚼小鹅卵石。我递给奶奶一勺,她给了阿米尔,然后又舀了一勺给自己。爸爸一直在柴堆旁鼓捣着点火。豆子和米甚至还没有泡软,但是,嘴里含着食物的感觉真好啊。我慢慢嚼着,终于把它咽了下去。我又舀了一勺,突然听见爸爸大叫一声。

"点着了!"伴着爸爸的叫喊声,一小缕烟缓缓升起,树枝和树叶搭起的柴堆里蹿起了小火苗。我赶紧把锅放到火上。火星往周围溅射着,还发出噼啪的声音,幸好火焰没有熄灭。我们盯着那锅豆米饭,仿佛这是我们见过的最有趣的东西。几分钟后,锅里的水开始吐泡泡。奶奶像个小女孩一样鼓起掌来,爸爸说了一声"啊哈",阿米尔也轻轻地欢呼了一声，我则小心翼翼地把锅移动到火焰的中心。

　　二十分钟后，米饭吸收了水分，膨胀起来。我又稍稍搅拌了一下。现在火旺了些，爸爸不断地把放在太阳下晒的小树枝加到火堆里。最后，我们跪坐在地上，一个挨着一个围在火堆旁，互相传递着锅子，一勺一勺地舀着豆米饭吃，饭软乎乎的，还带点咸味，我们的脸上不自觉地出现了笑容。在这之前我几乎不敢想象，我们会像现在这样肩靠着肩，笑着吃饭，身上还暖洋洋的。爸爸把我和阿米尔揽入怀中。太阳沉入地平线下，天空满是橙红色的霞光。我感受着爸爸强壮的手臂搭在我的肩头，满足地又吃了一口饭。妈妈，真奇怪，今天我们差点儿死掉，可现在我竟感到了记忆中从未有过的幸福。

爱你的妮莎

深夜日记

1947 年 8 月 25 日

亲爱的妈妈：

今天没有下雨，我们离目的地不远了，壶里的水也几乎是满的。爸爸说再走一天，我们就能到拉希德舅舅家了，也就是你的家，妈妈。你和拉希德舅舅在家里也像我和阿米尔一样一起玩吗？你爬过树吗？会用树枝在沙地上画画吗？下雨天的时候，你也会去踩水坑里的小石头，一步一步跳着走吗？奶奶好像说过，拉希德舅舅是你的弟弟。如果你还活着，今年应该 35 岁了，那拉希德舅舅多少岁了呢？我不敢问。我只知道他比你小。

我们的行李在阳光下晒干了。一路上，没有人、蛇、沙漠狐狸或蝎子攻击我们，我想我们一定能走到目的地。不过我晚上睡不太好，脑袋总是昏昏沉沉的。铺盖下的地非常硬，沙子会跑进我的耳朵里和头发里。我能听见昆虫嗡嗡叫的声音，还有野猫和狼的叫声，有时候也听到人的声音，有男人或女人在叫着某个名字，或是朝他们的孩子嚷嚷，有时候我还会听见哭声。我们一般会找僻静的地方休息，虽然周边全是沙土，但是可以远离其他人。我们越往前走，发现赶路的人越多，人流分成两股，朝相反的两个方向各自行进着。晚上,我们四个人紧挨着彼此,睡在火边。爸爸几乎一整夜都看顾着火,让它尽量不熄灭。有时候我会想他到底有没有睡觉。

今天我起得比较早,看到火堆旁摞着爸爸昨晚收拾好的树枝,我用这些树枝生了一小团火,又煮了一些豆米饭,饭香味让我的脑袋变得清醒,感觉舒服多了。我们的粮食还够做两顿饭,但这应该够了。从离家到现在才过了几天而已,可当我平躺的时候,我能感觉到髋骨更突出了,不过我本来就瘦,虽然不像阿米尔那样瘦得像麻秆儿,但也是偏瘦的。在家时,我们总有许多吃的,但是不管是食物、家具还是客人,爸爸都不喜欢拥有太多。我记得以前我曾经仔细端详萨彬的脸,她的脸颊和嘴唇一直都是红扑扑的。她妈妈肚子圆圆的,脸上总挂着亲切的微笑。萨彬和她妈妈在一起时,总是有说有笑的,我总是很羡慕。也许有一天,等这一切都结束了,等我们开始新的生活,有了新的家,有了足够的水和食物以后,我的身体就能好好生长,我也会有红扑扑的脸颊和圆圆的肚子。也许我也能跟自己的女儿一起散步、聊天、说笑。

我们的水还能用两天,只要我们小心点,不把水壶弄洒。自从阿米尔病了,爸爸就对他特别好,但是万一阿米尔再把水壶弄洒了,那就不好说了。我们生病的时候,爸爸像对待他的病人那样对待我们,他变成了那个冷静、温和的医生，会让你觉得一切都会好起来的。

太阳升起来了，我搅拌着锅里的食物，阿米尔拍了拍我的肩膀，我吓得跳了起来。

"对不起。"他轻声说。

我笑着耸耸肩。借着微弱的晨光，我也能瞧出来，他的脸蛋变得红润了些，眼睛也有神了，阿米尔回来了。

"你之前病得太重了。"我小声对他说。

"我知道。"他说。

"我还以为你……"我话还没说完，阿米尔就用手捂住了我的嘴。

"闭嘴，别说了。"他说。

他是对的。我向自己保证，再也不说阿米尔差点儿死掉这种话了。我挪开他的手说："你的手真恶心。"又能这样跟弟弟开玩笑了，真是开心。

"你的手也是。"他说着咧嘴一笑，眼珠滴溜溜地转。他抓起我那只没搅拌食物的手，举到我眼前。我盯着自己的手，泥土沿着我的掌纹连成了一条条小路，看着真像地图。

我抽回手，把锅从火上端下来。爸爸坐起身，奶奶还在睡。通常都是奶奶第一个起来的，她可能需要多休息一会儿。我们传递着锅子，吃着热乎乎的早餐。这豆米饭既没有煮透也没有调过味，但竟然如此美味，真让人不敢相信。我仿佛换了一个全新的舌头似的。

奶奶缓缓地坐起来,她让我们把米饭都吃了。

"不行,妈妈,你得吃点东西。"爸爸说着把一勺饭送到她的嘴边。

"我们每个人吃了五勺,"阿米尔说,"剩下的都是你的,奶奶。"

我很惊讶,阿米尔竟然知道我们每个人吃了几勺。我并没有数。我的胃感觉暖暖的,不再像一个空空的大洞穴了,但离吃饱还远着呢。我能一个人吃下两锅饭。

"你们每人再吃一勺。"奶奶轻声说,"今天我的胃……"她摸摸胃部,低头看着地面。

"妈妈,"爸爸说,"你怎么了?"

奶奶摆摆手示意爸爸别再说了。爸爸拿着勺子喂她。她摇摇头,用果断的眼神看着爸爸。

"先给他们,"她转头看看我和阿米尔说,"剩一口给我就好。"

爸爸有点犹豫。"苏雷什!"她喊道。于是爸爸照做了。

我们收拾好行李,加入行进的队伍里。两条主路间有一个深坑,大约相隔五十英尺,两边都聚集了越来越多的人,大家往相反的方向走着。我找回了最开始赶路时的步调,我喜欢听我的脚步有规律地踩在地面上。奶奶走在我旁边,爸爸走在阿米尔旁边,我们一前一后紧紧挨着。今天奶奶走得更慢了。

"你还好吗,奶奶?"我转头看着她,只见在那件脏兮兮的纱丽下,她的背更驼了。她灰白的头发从发髻中掉出来几缕,散在她毫无生气的脸旁。她扫了我一眼,目光并没有落在我身上,只是朝我微微点了点头。我牵起她的手,她紧紧握了一下我的手,我也使劲握了握她的手。

"拉希德舅舅人好吗?"我问,这话竟然这么容易就从我嘴里说了出来,连我自己都感到惊讶。这场旅程——我们用干裂的脚踩在干裂的土地上一步一步走来的旅程,改变了我们。一路走来,所有事情都变得不那么重要,也不那么真实。我们没有邻居,没有家。我们被扔在了生活的旋涡里。

"好?"奶奶看着我,眨了眨眼。她摇了摇头,没有回答我的问题。"到了就知道了,到了就知道了。"说着,她又握紧我的手。

爱你的妮莎

1947 年 8 月 26 日

亲爱的妈妈：

每个夜晚，除了特别糟糕的日子，我都坐在火堆旁写日记。我写得越多，你就知道得越清楚。我庆幸自己带了三支铅笔。爸爸用他的刀帮我削铅笔，但从来不问我写了什么。他由着我写。可如果他知道我是在给你写信，会说些什么呢？

有时候我能听见你在跟我说话，你的嗓音甜美而低沉。"妮莎，再走一步吧。"你说。然后我就向前走。我们特别口渴的时候，你对我说："把空气想象成水，喝一口吧。"我照做了。妈妈，这话我永远不会跟别人说，但是如果我们死了，是否意味着我们就可以跟你在一起了？我不确定是否会这样，所以我坚持往前走。如果你不想让我继续走，我脑袋里就不会出现你的声音，对吗？

我现在能看见你和我们一起走着，你脖子上红色和金色相间的围巾随风飘起，它跟我在家里看到的那条一模一样。许多年来，爸爸一直把它挂在自己的衣柜里，现在，它兴许还在衣柜里，等着被某个陌生人拿走。在这条干燥的路上，在这条悲伤的路上，你是最美丽的人。仿佛我们都披上了尘土的颜色，而唯独你是金色的，你穿着红紫色的衣服，画着黑色的眼线，涂着闪亮的口红。你整个人散发着光芒。我看见你的金耳环在阳光下闪耀着，听见你的手镯发出叮叮当当的响声，妈妈，你就在这里，而我跟随着你。你会带着我们去找拉希德舅舅，你会带我们去我们新的家。

我们即将见到拉希德舅舅，你高兴吗？他会欢迎我们吗？为什么他从不来看我们？是不是因为你过世以后，爸爸说我们是印度教徒，而并非是穆斯林？一个人能同时拥有这两种身份吗？有时候我觉得自己两者都不是，既不是印度教徒，也不是穆斯林。有这种感觉是不是很糟糕？爸爸告诉我，甘地认为我们可以是任何身份。我觉得这个说法最有道理。如果每个人都这么想，我们就可以待在自己的家里，有一个完整的国家，每个人都会感到安全和自由。我想知道拉希德舅舅怎么看我们，妈妈，快提示一下我吧。

奶奶很疲惫，她躺在火旁，第一个睡着了。她现在只喝水，不吃东西。阿米尔问爸爸她是不是病了，我靠过去想听爸爸怎么说。

"她年纪大了，走这么远的路，太难为她了。"爸爸用他的方式解释给我们听，却并没有回答阿米尔的问题。然后他转过身，抖掉背包里的沙子。他时不时去看看奶奶，检查她的脉搏、眼睛，捏捏她的皮肤。每次奶奶都挥挥手让他走开。她的牙齿间不再发出怪声了，她也不再唱歌，不再祈祷了。太安静了，我快受不了了。阿米尔最近话也不多。从我们周围走过的人都不怎么说话。我需要听听其他人的声音，不然我心里总觉得空荡荡的。我们仿佛正潜在水底，屏住呼吸，等着再次浮出水面。任何稍大一点的动静都可能让我们淹死。

这时我听到了提醒穆斯林做礼拜的召唤声，就像我们每天在米尔布尔哈斯听到的一样，穆斯林听到召唤，就会停下手头的活儿准备进行礼拜。在米尔布尔哈斯，我从未留意过礼拜召唤声，它们只是日常各种声音的一部分。召唤声从村中清真寺的喇叭里传来，爬进窗户里，萦绕在我们耳边。卡兹听到了，就会放下手里的活，把放在厨房角落里卷着的垫子拿出来。他会先洗手，再把垫子铺在窗旁，然后站定、俯身、跪倒，用额头触碰地面，嘴里还默念着什么，之后他才站起来。

我们知道不可以在卡兹做礼拜的时候打扰他。有时候看他做礼拜我会想到你，妈妈。你每天也做五次礼拜吗？我从没见过爸爸做礼拜或者唱颂。他说我们拥有的只有当下，我不知道他说得对不对。随着我们越来越接近边境，我瞧见旁边的路上有越来越多穆斯林与我们相对着走来，他们离开印度，来寻找新的家园。有人大喊该做礼拜了，他们就都停下来了，开始做礼拜。而我们这边的人继续前行。这让我想起卡兹，我感到很难过，所以不再看他们。我让自己只顾着走路，眼睛盯着前面那个人的后背。

你知道今天我做了什么吗？当我听到礼拜召唤声，我竟然在心中默默祈祷。我把从奶奶和卡兹那里听来的祈祷词组合在一起，自己编了一套祷告的话。我不知道这有没有用，因为我不知道怎样祷告才是正确的，我也没有下跪，但我想不管怎样，祈祷总没有坏处。我不会告诉别人这件事。他们准会生我的气，责怪我不守规矩，居然把印度教和伊斯兰教的祈祷词混在一起。但是总得有人为奶奶祈祷吧。妈妈，换成你，你也会为她祈祷的，对吗？

爱你的妮莎

1947 年 8 月 27 日

亲爱的妈妈：

爸爸告诉我，明天就能到拉希德舅舅家了。我们吃完杧果后,他给了我们几块腰果奶糖。我用脏得发黑的手揉捏着其中一块菱形的糖果。他怎么不早点给我们?我想把糖扔到他身上。他还藏了些什么?但是一想到嘴里咬着糖果的感觉,想到那一瞬间的快乐,我就直流口水。于是,我把糖放进嘴里含着,让它在我的舌头上慢慢溶化。阿米尔像一只小老鼠一样细细嚼着他的糖。我们四目相对,谁都没有笑,谁都没有说话。他是不是也和我一样在心里埋怨爸爸呢?

奶奶走得很慢,我们要比原计划晚一天才能到拉希德舅舅家。爸爸、阿米尔和我轮流扶着她走,她把瘦弱的胳膊绕在我们肩上,依偎着我们往前走。她的身体轻得像只小鸟。好在她一直有在喝水,后来还吃了些枣果,但她得时不时停下来休息。我们能走到拉希德舅舅家吗?奶奶会好起来吗?我们能顺利抵达新家吗?

爱你的妮莎

深夜日记

1947 年 8 月 30 日

亲爱的妈妈：

　　对不起，前两个晚上我都没能给你写信，但现在我可以写了。我正躺在一张真正的床上。妈妈，为什么爸爸以前从没提起过拉希德舅舅呢？我似乎有点明白了，却似乎也更加不解了。

　　今天黄昏时分，我们终于快到拉希德舅舅家了。爸爸说我们在一个叫乌默克特①的小镇郊外几英里的地方。我们穿过一个村庄和几片荒芜的田地，又走了几分钟后，透过微弱的灯光，我看见了一片房子，房子很大，都是白色的。爸爸扭头对我们说："你妈妈在这儿的房子里长大。"我和阿米尔对视了一眼。尽管之前我也听说了，但真正站在你住过的房子前，我脑袋里突然一片眩晕，几乎都无法呼吸了。爸爸说我们得在灌木丛后等到天黑，然后他先去见拉希德舅舅，看看是否安全。他说他不希望任何人看到我们走进那栋房子。

　　"如果有人发现了你们，"爸爸低声说，他严厉地看着阿米尔，"就告诉他们奶奶需要休息，其他什么都不要说。不

----
① 乌默克特是巴基斯坦信德省的一个县。

过天黑了以后,我想你们不会被发现。现在这里的许多房子都是空的。"

阿米尔点点头。

"听见我吹一声口哨,"爸爸继续说道,"你们就快速跑到那栋房子里去,不要发出声音。"然后他指着中间的一栋房子说:"不要说话,也不要卸下你们的行李。时刻准备好。"

我和阿米尔看了看对方。

"明白了吗?"爸爸轻声问。

"明白了,爸爸。"我和阿米尔轻声回答。

我们一直等到天黑,然后爸爸朝那栋房子走去。一轮满月挂在晴朗的夜空中。空气里有一股木头燃烧的气味。我能看见爸爸在敲门,手指轻轻落在门上的声音飘散在夜空里,接着是一声吱嘎的开门声。我隐约听见有人说话,然后门关上了。我和阿米尔抱着行李坐了下来,奶奶躺倒在地上,她用自己的包垫着头部。我一直望着那栋房子的门。妈妈,我心里怀着一丝希望,希望你就在门的后面。或许一直以来你只是在这里藏了起来。

阿米尔开始玩他磨损了的薄皮凉鞋。我用胳膊肘碰了碰他,指了指灌木丛,提醒他留心点。我们等啊等,突然有一阵沙沙的声音传来,我的身体僵住了,可当我转身去看,却什么也没有发现。

"你听到什么动静了吗?"我小声问阿米尔。

"听到了。"阿米尔说。我们又等了一会儿,一动也不敢动。沙沙声越来越响。

"我们不能再待在这儿了,"阿米尔说,"现在就走。"

月光下,我们模模糊糊地看到一条泥土路,于是我们扶起奶奶,朝那条路走去。灌木丛被我们远远地抛在身后。

"我们不可以走太远。"奶奶悄声说。我和阿米尔一人扶着她的一只胳膊,帮助她快些走。沙沙声变成了脚步声,朝我们逼近。

有人一把抓住我的肩。我大叫一声,那声音痛苦地从我嗓子里冲出来,就像伤口突然喷涌出鲜血一般。那个男人——我能从他手的大小辨别出来,用一只手捂着我的嘴,另一只手拿刀抵着我的喉咙。金属刀片异常光滑,还带着温度。奶奶哭了起来。

"你杀了我的家人。"他在我耳边咬牙切齿地说。

我看不见他,只听见他的声音,闻到他身上有一股汗水、尘土和酸臭的口气混合在一起的气味。我能听到自己的呼吸声在耳朵里回荡。我感到压在我皮肤上的刀片又紧了一些。奶奶跪倒在地上,对着我们的脚磕头。我并不害怕,只是有些麻木,感觉自己好像飘到了空中。

"求你了,我们没有杀人。"阿米尔不停地大喊,唾沫星子从他嘴里飞溅出来。奶奶在他旁边俯身祈祷着。我纹丝不动地站在那里，尽量把脖子往回缩，离刀锋远一点。我不知道自己是不是停止呼吸了，可我依然站着。那个人的手在发抖。

"我的孩子们，我的妻子，都没了。"他用颤抖的声音说，"是你杀了他们。你们所有人都有份！他们只是想弄点水，你就把他们杀了。"

"不是的，先生，求你了。我们只是要去边境。我的奶奶需要休息，我们没有伤害你的家人。"阿米尔几乎喊破了嗓子，"我们有吃的，还有水，都可以给你，你想要什么我们都给你。"

这时候，我听到了开门声，接着是爸爸的口哨声。

我们都安静下来。他又吹了一遍口哨。那人更使劲地用刀面往我脖子上压。

"我求你了，她是无辜的孩子。"奶奶双手紧握，大喊道。

那个人浑身发抖，刀也在抖。"我的家人都死了，没有人是无辜的。"

"我爸爸和舅舅快来了。"阿米尔压低了声音，"他们有枪。"

我听到脚步声从房子那边传来。

"放开她。"我听见爸爸喊道，他的声音是如此铿锵有力，我都怀疑到底是不是爸爸在喊。

"他有枪。"阿米尔又说了一遍。要是爸爸有枪就好了。

那个人的手抖得很厉害,他扔掉了那把刀,捂着我的手也松开了。我挣脱开,捂着脖子跑向爸爸。阿米尔和奶奶也围到爸爸身边。没有像是舅舅的人出现。

"你开枪吧,我无所谓。求你了,结束我的痛苦吧。"那个人说着跪在了地上。我终于可以看清楚这个人了。他是个小个子,脚踝和阿米尔的一样细,头发上都是土。我看见他的衣袖上有干了的血迹。"印度教徒杀了我的家人。"他用满是泥巴的手捂着脸抽泣着,"我看着他们割破了我家人的喉咙。我逃掉了,我应该让他们把我也杀了。"他戴着小帽,所以我看得出他是穆斯林,可他是怎么知道我们是印度教徒的呢?在米尔布尔哈斯的时候,很容易认出人们的身份,但是现在,我们每个人都穿着脏透了的衣服,看起来都一个样。有些穆斯林弄丢了他们的小帽。很多人都是随便找个东西盖在头上挡太阳。我们都紧紧抓着爸爸。我还是感觉很麻木,既没有哭,也不觉得生气。这太奇怪了,妈妈。

爸爸轻轻推开我们的手,朝那个男人走过去。

"别去招惹他了。"奶奶喊道,"他很危险。"爸爸没有听奶奶的话,小心翼翼地走了过去。他拾起那个人掉在地上的刀子和穆斯林小帽,把手放在他肩上,又把他的东西递给他。那个人抬起头,脸上充满惊恐。

"以眼还眼,只会让全世界的人都变成瞎子。"爸爸说。

那个人慢慢起身，拍拍身上的尘土。他低着头接过他的小帽和刀子，然后转身跑进了黑暗里。爸爸以前说过这句话。其实这话是甘地说的。现在我知道是什么意思了：一家印度教徒杀了一家穆斯林，这家穆斯林又去杀另一家印度教徒，然后其他的印度教徒再去杀死穆斯林，除非有人停手，不然杀戮会一直继续。但是谁会最先停手呢？

深蓝色的夜幕下，我们仔细看着脚下的路，一步一步往前走着。我们绊倒了好几次。阿米尔和爸爸扶着奶奶，我毫无知觉地走着。我记得自己走进一扇门。一进屋，我眼前突然一片漆黑，恐惧传遍我的身体，我开始颤抖，眼泪哗哗地流下来。我无法呼吸，整个屋子都在旋转。爸爸让我把头埋进膝盖间。我记得的只有这些了。

爱你的妮莎

深夜日记

1947 年 8 月 31 日

亲爱的妈妈:

我醒来的时候,正躺在一张床上,一张真正的床,我还盖着一条带图案的毛毯。有那么一会儿,我以为我们回家了。阿米尔和爸爸守在我旁边。待在屋子里的感觉怪怪的。然后我记起这是你的家,妈妈!还有一个陌生人站在门口看着我,我也看着他。他个子不高,戴着穆斯林小帽,穿着一件棕褐色的无领长袖衬衣。他的穿着打扮跟卡兹一样,长相却不相同。我总觉得哪儿不太对劲。桌上点着两支蜡烛,他站在蜡烛的光线之外,我看不清他的脸,却瞧见他的嘴唇中间向上突起,露出了牙床和几颗歪斜的牙齿。他的嘴唇看起来像和他的鼻子根部连在了一起。

在米尔布尔哈斯,集市上有个卖水果干的小贩总是用一条围巾盖住嘴和鼻子,爸爸说这是因为他有唇腭裂,他还翻开医书,指给我看什么是唇腭裂。爸爸说,有些人一出生就是那样,而且大部分人没钱做修复手术。如果有的患者已经无法咀嚼或吞咽,医院有时候也会提供帮助。

学校里有一个叫米塔的女孩也是这样。她的嘴唇中部往上连着鼻子,但她没有用围巾盖住脸。她和我一样,在学校几乎不说话。我不知道她是无法说话还是不想说话。我猜她应该能吃东西，不然她就得去做手术，但我从来没见过她吃饭。我总试着多看她一会儿，但会忍不住马上别开脸。我希望自己毫不介意她的唇腭裂。我想成为她的朋友，因为她没有朋友，而我只有萨彬，我都不确定萨彬是否真是我的朋友，因为我从来没有对她说过话。可是，要像看一个普通人那样看着米塔真是太难了。一想到这，我就觉得很羞愧，所以我尽量不去想。妈妈，你也不敢看拉希德舅舅吗？你也和我一样是胆小鬼吗？我敢肯定你不是。

"这是拉希德舅舅。他不能说话，只能写字。"爸爸用他的医生口吻说道。拉希德舅舅向我点点头。"你能站起来吗？"爸爸问。

我挪动了一下身子。我的脖子一阵疼痛，昨晚的事像潮水一样涌进我的脑海。我记起了那个男人，记起了他用刀抵着我的脖子，阿米尔大声喊叫，爸爸及时赶来，之后我们就来到了这里。我站起来，打量这间通风很好的房间，地上铺着一块彩色的编织地毯，还摆着一个雕花五斗柜，式样和我在家里用的很像，回忆刺痛了我。对面墙边还有一张床，奶奶躺在那里睡觉，她的胸口缓慢地一起一伏。好奇心促使我迈开脚步，爸爸跟在我后面。我小心穿过走廊，来到另一扇打开的门前。我往里看，只见这个房间和刚才那间差不多，只是小了一些，靠窗处放着一张床，对面的墙边还有一张床。我又探头去看第三个房间，里面有一张大床，墙上挂着一张精细的挂毯，地上铺着地毯，也摆着一个五斗柜。我还看见角落里放着一个画架，上面有一张空白的画布。我想这一定是拉希德舅舅的房间。

我穿过一道拱门来到了客厅，客厅中央放着一张低矮的雕花桌子，里面还有一张长沙发、几把木椅和几个刺绣靠枕。墙上挂着画。这房子里有许多画。我醒来时所在的房间里就有一幅，画里蓝色的大海映衬着更蓝的天空。另外一幅画画的是一瓶花。我还看见一幅画，画面上是一个美丽的女人盘腿坐在树荫下的草地上。我知道那个人是你，妈妈。

餐厅里有一张桌子，桌边摆着六把椅子，还有一个看上去很重的带玻璃门的瓷器柜。桌子中央摆放着一个瓷花瓶，瓶中插着粉色和紫色的花，就像我看到的那幅画。这儿真是个可爱的地方。

我以为跟在我身后的是爸爸，于是转过身，却发现自己正面对着拉希德舅舅。我注意到他的眼睛，它们跟照片里你的眼睛一模一样，阿米尔的眼睛都没有这么像你。也许这一切都是有原因的，妈妈，我知道这种念头很糟糕，但是如果我们没有被迫离开家，就不会来到这里，我就不会在拉希德舅舅身上看到你的眼睛，一双让我觉得你还活着的眼睛。我迅速将目光移开。

"你可以在那里洗漱。"爸爸指向厨房后面的一扇门说。

我在金属水池边使劲擦洗我的手、脸和脖子。我需要好好洗个澡才能把身上的污垢洗掉,不过,光是看到我手上不再布满尘土,就觉得无比开心。

"你感觉怎么样?"爸爸问我。

"还行。"我用沙哑的声音轻声说。

我在厨房又看见一幅画,是拉希德舅舅的画像。我走近,端详他那古怪的向上翘着的嘴巴,想象着有一根看不见的线穿过他的上唇往上拽拉,我端详那外露的粉红色的牙床、歪歪扭扭的牙齿和扁平的鼻子。盯着画上的拉希德舅舅看比看他本人要容易多了。真不敢相信他也画画。妈妈,是你教他的吗,还是他教的你?

"妮莎,快过来。"爸爸严肃地说,我吓了一跳,转身从画边走开。我跟随爸爸走到最里面的房间去看奶奶,她仰面对着天花板,脸色苍白,呼吸很微弱。

爸爸朝奶奶俯下身,碰了碰她的胳膊。

她睁开眼睛,点点头,又闭上了眼。爸爸往厨房走去。刚才我参观房子的时候,阿米尔一直陪着奶奶。

"你还好吗?"他问。

"没事。"我说。

"我还以为……还以为他会杀了你。"阿米尔的下嘴唇微微颤抖,他的眼睛湿润了。

"爸爸总是会及时赶到。"我说着摸了摸他的手,很快把目光转向奶奶,为了阿米尔我要努力表现得勇敢一些,因为当我们没有水喝的时候,阿米尔是那么勇敢。不过当时我也以为那个人会杀了我。他可以轻易地割破我的喉咙,而我立刻就会死去。那样的话,爸爸也无能为力。事情发生的时候,仿佛有某种东西让我不那么害怕,我不知道是什么。那个人是那么悲伤和惊恐,他拿着刀的手还在发抖。他的家人为什么被杀害了?为什么会有人这么做?杀人的人一开始也是和我一样的人吗,还是他们完全是另一种人?

"太奇怪了,拉希德舅舅一个人住在这么大的房子里。你看见那些画了吗?"

阿米尔夸张地点点头,咧着嘴笑了。"我想这就是我为什么会画画的原因。"接着他的表情变得严肃起来,"你觉得奶奶会死吗?"

"不会的。"我用很小的声音厉声说道,"难道你看不出来她只是累了?"其实我也在想她会不会死。

"我去问爸爸。"阿米尔的眼睛又恢复了往日的明亮,他的眼神总像在追寻着什么。我抓住他的胳膊制止他,但他还是溜走了,快步朝爸爸和拉希德舅舅走去。我跟着他穿过长长的走廊,穿过客厅和餐厅,来到了厨房。爸爸见到我们便不再说话,他和舅舅都看着阿米尔。阿米尔冲着拉希德舅舅露出大大的微笑,嘴角几乎咧到了耳边,我的心都要跳出来了。阿米尔这样一笑,会让你至少在那一秒相信这个世界是美好的。我觉得阿米尔有点不同了,我说不明白,好像他死了,又复活了。一直以来我都喜欢看他笑,现在看到他的笑容,我格外高兴,仿佛这是我第一次见他笑。如果失去阿米尔,我该怎么办?他是我的声音,因为我无法说出口的问题,他总能大胆地提出来。

"怎么了?"爸爸说。

阿米尔的笑容消失了。"奶奶会死吗?"

爸爸盯着阿米尔。"我不会让她死的。"他说完就去查看奶奶的状况。可是爸爸那种僵硬的语气让我心里发慌。我提醒自己爸爸是个医生,他有一般人没有的办法。你也是这么认为的吗,妈妈?我又想到了阿米尔,救了阿米尔的是那场雨,但也是爸爸。即便没有下雨,爸爸也带来了水可以救阿米尔。爸爸还阻止了那个男人伤害我们,之后,他也没有粗暴地对待那个人,而是十分友善。爸爸也许是我认识的最勇敢的人。但是爸爸不知道的是,阿米尔几乎跟他一样勇敢。我是个胆小鬼。那个男人袭击我的时候,我做了什么呢?我僵在那里,一动不动。是阿米尔大喊,爸爸听到才及时赶来,是阿米尔说爸爸他们有枪。

拉希德舅舅在一个大炉灶里点燃火,煮了一锅扁豆。然后,他切了一个洋葱,洋葱的气味钻进我的鼻子里,让我有些兴奋。我往灶边挪近了一些。阿米尔也凑过来。我们看着他把洋葱放进一个大锅里翻炒,又撒了些芥末籽、大蒜、盐、孜然、姜黄粉和姜末。他把这些调料翻炒了一会儿,便把煮熟的扁豆连同汤水一起倒了进去。

"你家没有厨师吗?"阿米尔问拉希德舅舅。我知道这么问很不礼貌,但是这么大的房子需要厨师、园丁,还需要做家务活的帮佣。这些活儿该不会都是拉希德舅舅一个人做吧。

他抬起头,耸耸肩,继续搅拌锅里的食物。看着拉希德舅舅搅拌热气腾腾的豆子汤,我想起很多事:卡兹在厨房里做饭;奶奶忙着收拾房间,时而坐到摇椅上轻轻晃着;爸爸从医院回家,亲吻我们的额头,跟我们道晚安;我和阿米尔躺在各自的床上渐渐入睡,我们舌头上还留有甜点的味道,脑袋里想着白天在学校发生的事情。这一切曾是那么平常,甚至有些无聊,现在看起来却像一个童话。我控制不了自己,眼泪开始往下掉。我把脸埋在手里,不想让人看见。

"妮莎,"阿米尔问,"怎么了?"

我摇摇头。

"拉希德舅舅,能让她搅拌一下吗?"阿米尔问。拉希德舅舅停了下来,转过身。我强迫自己抬起头,他把勺子递给我。

我眨了眨眼,不让眼泪再掉下来,然后,我向那锅热乎乎的黄色豆子汤探过身去,把勺子插进锅里搅拌。搅拌就能防止煳锅。我的身体放松下来,我转动着手,不停地搅拌。

阿米尔太懂我了。我一直以为他只知道在家里蹦来蹦去，不愿意做家务和功课，只愿在花园里玩或画画。但是现在我知道他有多细心地留意着我，他是多么了解我，他的心里藏了那么多我看不到的东西。我们安静地站在那里。过了几分钟，我听到了爸爸的脚步声，他停在我身边，看着我。豆子汤做好之后，我把锅端到一边。

拉希德舅舅打开食品储藏室的门，从一个金属罐子里舀了一些米。他把米递给我，我倒了五个人的量到锅里。我看着他的脸——几分钟前，我还很难直视他的脸，但现在似乎容易多了。我端详着他的眼睛。他拿出一只金属杯，从大水壶里倒出一杯水递给我，我把水倒进锅里。我们总共往锅里倒了四杯水，然后等水煮开。卡兹总是先把水烧开，再放米下锅，不过我什么也没说。拉希德舅舅看起来并不擅长做饭。他切的洋葱大小不一，也不像卡兹那样可以把姜片切得整整齐齐。也许他以前也有厨师，只是那人是印度教徒，不得不离开。我饿得有点头晕。真想赶快一勺接一勺地往嘴里送吃的。

饭做好之后，拉希德舅舅拿出五只碗，我往四只碗里盛了米饭加豆子汤，另一只碗里只盛了米饭。拉希德舅舅拿出四个用餐巾布包着的恰帕提，放在炉子上热了下，然后把它们摆到碗边上。我看了一眼碗里，金黄色的豆子汤和白米饭装得满满的，烤好的恰帕提就放在旁边。自从离家以来，这是我见过的最丰盛的一顿饭。我不知道舅舅是不是一直吃这些很简单的食物，但现在对我来说，这简直是完美的一餐。

"把这个给奶奶送去。"爸爸对我说，他把那碗白米饭递给我。我点点头，咽下嘴里的口水。我用两只手捧着热乎乎的碗，还偷偷吃了一大口米饭。我往奶奶房间走的时候，听到餐厅里传来挪动椅子和摆碗碟的声音，吓了一跳。待在屋里，坐在一张像样的餐桌旁吃晚饭，还是令我觉得怪怪的。

奶奶闭着眼睛。我叫了她几声，告诉她该吃饭了。她没有反应。我把米饭端到她的鼻子下，然后等待着。过了几秒钟，她睁开眼睛，不自然地点点头，接着她摆摆手让我走开。我看着她憔悴而呆滞的脸。

"我来喂你吧。"我说。

她一动不动，我用手捏起一点米饭，往她嘴里喂。她含在嘴里嚼了嚼。我又这样喂了她好几口，直到她抬了抬手示意我不要再喂了。

"好孩子。"奶奶轻声说道。我把手轻轻地放在她的手上。

过了一会儿，我把那碗饭放在她旁边，回到餐厅。阿米尔、爸爸和拉希德舅舅在等着我一起吃饭。对于阿米尔甚至爸爸来说，这样的等待肯定很难熬。我坐到阿米尔的旁边，爸爸在我对面。我开始吃起来，米饭、豆子汤、恰帕提的味道在我的嘴里喷发。我能吃出香浓的酥油，每一颗大米，每一粒孜然,能尝出姜、蒜和洋葱的味道。这是我一生中吃过的最美味的食物。

没人说话。猛吃了几口后,我抬头看看爸爸和阿米尔,他们正用恰帕提舀起米饭狼吞虎咽地吃着。吃完后,我们发现各自的碗里都还剩一些,够我们休息一下再吃一轮。

饭后,爸爸把手搭到拉希德舅舅的肩上。

"你对我们太好了,我永远也报答不了你。"

拉希德舅舅点点头,迅速开始收拾桌子。

我们帮他洗了锅子和餐具,然后我们每个人都洗了个澡。我洗了很久才把身上洗干净。看着棕色的水流入下水管道,我有点担心把水都用光了。我真不知道自己身上竟然这么脏。

我和阿米尔请求一起睡在中间的那个房间。爸爸跟奶奶睡在一间屋里,方便照看她。我们爬上床,钻进蚊帐里,感觉无比清爽。阿米尔说,他想知道在暴乱停止之前我们是否可以一直躲在这里,之后就永远住在这里。我也希望如此。如果我们真的需要一个新家,那只能是这个地方,卡兹也能来和我们住在一起。妈妈,我能跟你许这个愿吗?这是你曾经睡过的床吗?还有一件事,请保佑奶奶,别让我失去她。

爱你的妮莎

1947 年 9 月 1 日

亲爱的妈妈：

　　新的一个月到了，自从世界发生巨大的变化以来，已经整整 17 天了。会不会已经有新的一家人住进了我们以前的房子？会是比我们更幸福的家庭吗？他们的家里会有爸爸妈妈和更多的孩子吗？我绝不去想我们的房子也可能被烧成了灰烬，卡兹一个人孤零零的，会有多伤心。我试着去想象那里的一切都生机勃勃的样子，菜园子里长满各种蔬菜，五颜六色的，看着比我们在的时候更好。我想象有更多的孩子在院子里跑来跑去，最好是四个，两个男孩和两个女孩，他们的妈妈会喊他们进屋吃饭，检查他们的指甲是否干净，还会时不时地抱抱他们。他们的爸爸会早早地回家，从市场上给每人买一根冰糖棒，还会在他们睡觉前给他们讲发生在医院里的英雄故事。我想象那家最小的女孩子在衣橱里发现了我的布娃娃蒂儿，这会是她收到过的最大的惊喜。

　　　　　　　　　　　　　　　　　　爱你的妮莎

1947年9月2日

亲爱的妈妈：

爸爸说，从拉希德舅舅家到边境差不多还有一半的路程。我们还得走许多英里。当我问爸爸我们什么时候出发时，他说快了，他希望等奶奶身体好一些再走。我想留在这里，但我也开始觉得自己被困住了。我们不能出去。我们本不该出现在这里，万一有人发现了我们，我不知道会发生什么事。我和阿米尔都听到过爸爸和奶奶讨论他们在报纸上看到的新闻。我知道，不管是逃往巴基斯坦，还是逃往印度，不管是步行还是乘火车，途中很多人都死了。暴乱和屠杀不断地发生。我还是不明白，上个月，我们还都是同一个国家的人，不同民族和宗教的人都生活在一起，现在我们却必须分开，还要彼此憎恨。爸爸会暗暗憎恨拉希德舅舅吗？拉希德舅舅也会恨我们吗？谁都容不下谁，我和阿米尔又该站在哪一边？你能只恨某个人的一半吗？

拉希德舅舅在家里时总是轻手轻脚的，几乎不发出声响。我担心他生我们的气，不愿意我们住在这里。但他会从市场上为我们买来食物，还从井里打来水。我听见爸爸叮嘱他去两个菜市场买东西，这样人们就不会察觉出他这里住着这么多人。他点头答应了。爸爸塞给他钱，他没有收。我希望这表示他愿意帮助我们。

我和阿米尔每天都给自己找点事做，比如玩游戏、编故事，有时候还跳舞。每回编故事，我都喜欢在开头说有个女孩或男孩从一个拿着枪、刀或大火把的男人那里逃跑。我讲主人公会遇到哪些倒霉事，阿米尔就讲主人公会遇到哪些好事，然后我再编一些不好的事情。或者反过来，我说好的事情，阿米尔说不好的事情。在故事结局，主人公总是会死掉。我们会把他的死亡编得比上一个故事里的更可怕。主人公死得越惨，我们就越觉得故事有趣。我们的脸上会不自觉地露出笑容，这简直有点滑稽。我们过去从没有像这样编过故事，也从来不曾觉得这种故事是多么有趣。阿米尔说这是因为现在一切都很不真实。我明白他的意思。

每次到要吃饭的时候，我就很开心，因为我可以帮拉希德舅舅做饭。这是从我来这儿的第一个晚上开始的，之后谁也没多说什么，大家都由着我帮忙。我们做一些很简单的食物，比如豆子汤、米饭、菠菜炒西红柿和恰帕提。大部分饭菜都是我做的。我还是很好奇拉希德舅舅平时是不是一直吃得这么简单。他会在一旁帮我看下锅的米是否适量，还会帮我选合适的碗盛食物，不过看起来他很乐意让我做饭。我按照从卡兹那里学来的办法做饭。但是跟拉希德舅舅一起做饭和跟卡兹一起做饭，感觉完全不同。他几乎不看我，也不跟我说话。我有很多关于你的问题想问他，妈妈，可我不敢开口。想问又无法问，真是一种折磨。满肚子的话使我快憋出病了，但我就是无法开口。爸爸跟舅舅交谈时，舅舅总是迅速地在纸上写下自己的话，似乎一点儿都不嫌烦。阿米尔和奶奶有时候也跟他说话。

我注意到拉希德舅舅身上有让我很熟悉的一面，比如他的举止，他低头和耸肩的样子。但是我又说不出来为什么熟悉。有一次我注意到他从桌上端起碗时，用修长的手指小心地环绕在碗的四周，这让我想起我自己。妈妈，之前我在拉希德舅舅身上看到了你的影子，而现在他又让我想起我自己，所以，也许这意味着我跟你也很像。我想要告诉他这些，但仍旧不敢开口。我已经仔细查看过整栋房子了，想找到一些你留下的痕迹，一件首饰或是一条围巾，我也不知道我到底在找什么。

我为什么是这个样子？也许我跟拉希德舅舅一样，天生就有缺陷，这使我们很难开口说话，甚至几乎无法开口，只是舅舅的缺陷从他的唇腭裂就能一眼看出来，而我的却不是眼睛能看到的。也许这仅仅是我自己的问题，是我不够坚强。如果我们离开这里，我可能再也见不到拉希德舅舅了。妈妈，现在正是我了解你的唯一机会，可我对着舅舅却一个字都说不出来。阿米尔会主动跟拉希德舅舅说话，他通常只是点头或者写一两个字来回应。看起来他跟爸爸聊天时比较自在，不过也许阿米尔不介意帮我多问一些问题。

真希望我们能去外边玩，这样我就没空想这些糟糕的事了。有一个好消息，奶奶吃了东西以后，又好好休息了几天，身体慢慢恢复了。大部分时间她仍在睡觉，但是醒着的时候，她会祈祷，还会轻声唱歌。她的胃口也变好了。今天晚饭后，她和爸爸坐在客厅里，我和阿米尔躺在沙发上，我给他念百科全书中有关蝎子的段落。拉希德舅舅坐在餐桌旁雕木头。我仿佛觉得我们大家一直以来都住在这里，一直都是这么平平淡淡地生活着。

拉希德舅舅每天忙完家具生意后，就会去菜市场买菜，回家后他就坐在餐桌旁雕木头。他正在雕刻一只小碗和一匹马。我躲在一旁偷看。也许他会教我们怎么雕刻。他的手指似乎有魔力，能使木头上的隆起和纹路都变得很平滑，仿佛它们从一开始就不存在。

爱你的妮莎

1947 年 9 月 3 日

亲爱的妈妈：

今天我有重大的发现。其实那是很普通的事，但却让我觉得好像在做梦。就如阿米尔说的，现在一切都太不真实了，所以，一个普通人出现在眼前，都会让我觉得是自己产生了幻觉。

当时我正看着窗外，离我们大约一百英尺的地方有一栋房子，我卧室的窗户正对着那栋房子的后院和花园。我正瞧着一片干树叶在风中打转，她突然就出现了。为什么我之前没有注意到她？我闭上眼睛，也许等我睁开眼就会发现根本就没有人。可她仍在那里，我看得更清晰了：她不跑，也不躲藏，只是一个人安静地玩。我还看见她的后背上搭着一根乌黑发亮的辫子。我迅速转身想告诉阿米尔，却见他在奶奶给他的报纸广告页上画画。他盘腿坐在地上，背对我弓着身，全副心思都在自己的画上，我决定不说话了，转头看向窗外。

那个女孩用小木棍在地上围成了一个圆，然后她站起来，往圆圈里投鹅卵石。我眯着眼继续打量她。她在笑，还转起了圈圈，嘴巴动来动去，像是在自言自语，然后有人叫她进屋，估计是她妈妈。她看起来跟我差不多年纪，也许比我小一点，我不太确定。她没有兄弟姐妹吗？我认识的人都有兄弟姐妹，难道她的兄弟姐妹遭遇了什么不幸？

看着她，我真想爬到窗外和她一起玩。我不得不紧紧抓着窗台，管住忍不住要往外爬的身体。她突然就消失了，就跟她突然出现一样。妈妈，我向你保证，如果我可以跟她一起玩，我一定会和她说话。我不会浪费这么好的机会。现在的一切似乎都令人捉摸不透，如果她看见了我会怎么样呢？

爱你的妮莎

1947 年 9 月 4 日

亲爱的妈妈：

今天我没看到那个女孩。也许她是我想象出来的，或者这只是我的一个梦，我的记忆全乱套了。但是我无法阻止自己胡思乱想。拉希德舅舅大部分时间都在外面，回来后就坐在外面的树下雕刻木头。我真的很想和他好好相处，这样我就能知道更多关于你的事，但他似乎并不想和我们待在一块儿。爸爸和奶奶总是在看报纸，说悄悄话，一杯接一杯地喝茶。一天中最令我兴奋的时刻就是看到拉希德舅舅把食物拿回家的时候。我也想看报纸，但是爸爸和奶奶不让我看。

我偷偷瞟见过报纸上的一些标题，有时候我看到的是很长的一句话：印巴官员讨论新的潜在暴力冲突……群体性暴力事件仍在持续……甘地绝食呼唤和平……我还没仔细看，爸爸和奶奶就会把我赶走。爸爸说起过甘地绝食的事，他告诉我们，甘地说除非人们停止暴力，否则他就不吃东西。也许这会起作用。也许明天我们将迎来真正的自由。晚上，爸爸和奶奶把报纸带回房间，藏在床垫下，或者让拉希德舅舅把它们放到外面去。为什么他们不让我了解我已经知道的事情呢？我知道世界破裂了。

爱你的妮莎

1947年9月5日

亲爱的妈妈：

妈妈，我今天做了一件事。我也不知道为什么在被人用刀挟持之后我还会这样做。我知道新的世界很危险，但是我和阿米尔就该像囚犯一样被困在屋里吗？真抱歉，妈妈，你的房子很漂亮，但是最近我心里总有一股怒气，我不知道自己为什么生气，生谁的气。甘地要是知道我这样，他会说什么？他会对我失望吗？爸爸肯定会。我只是想要自由。我们的国家脱离英国独立，难道不是为了让我们获得自由吗？可我们现在一点也不自由。

那个女孩又出现了，当时阿米尔、爸爸和奶奶都在餐厅里。爸爸现在允许阿米尔坐在桌边画画了，他知道阿米尔反正不会看书。我不介意自己一个人待着。我想再看看窗子外面，兴许我不是做梦呢。整个早上那个女孩都没有出来，但是午饭过后她出现了。我看见她的那一瞬间，感觉像是有人朝我脸上泼了一盆冷水，让我瞬间清醒过来：我不是在幻想，她是真实存在的。

她坐在地上，皱着眉咬着嘴唇，把头发编成辫子又解开重新编。每次她编好辫子，都摇摇头，把辫子拆开。过了一会儿，她抬起了头。我把头伸到窗台上面，等着她往我这边看。爸爸、奶奶和阿米尔那边一点动静都没有。她转向我这边，我把手伸出窗户朝她招手，她也抬起手，看起来像要跟我招手，但又立刻把手放下，跑回了屋。我的心扑通扑通直跳，感觉胸口都要爆炸了。万一她去告诉她的家人了呢？我们会有危险吗？人们会像灌木丛里的那个人那样来找我们的麻烦吗？接下来的时间里，我一直缩在角落里盯着自己的脚。说不定我离她太远，她根本没看见我，我这样告诉自己。我担心得不敢动，我怕一旦我动了，就会有可怕的事发生。

"出什么事了吗，妮莎？"阿米尔问我。

"没事。"我说。

"肯定有事，"阿米尔说，"我看得出来。"

"就是有点伤心。"我告诉阿米尔。

他点点头，端详着我的脸。"你不是伤心，是害怕。"他说。

"走开。"我咕哝道。有时候，我真烦阿米尔这么了解我。我不敢再往窗外看。之后什么也没有发生。

爱你的妮莎

深夜日记

1947年9月6日

亲爱的妈妈：

　　今天早晨我决定就往窗外看一眼，结果看到了那个女孩。昨天我向她招手后，没人找上门来，没人来伤害我们。阿米尔坐在床上比画着手，在空中画画，嘴里还轻声嘀咕着什么。太好了，他没有发现那个女孩。女孩坐在地上。我看不清她在做什么，于是我打开窗户，稍稍地探出头去。她像是在用野草编项链和手镯。我从前就喜欢这么在屋子外面玩。我记得在我们的告别派对上，我和堂姐妹们也一起编了项链。去跟那个女孩一起玩，真的会是一件错事吗？

　　她编完项链后，把头转向我。我往打开的窗户中间挪了挪，她牢牢注视着我的眼睛。过了几秒钟，我屏住呼吸，又朝她招了招手。这回她也迅速地朝我招招手，然后才跑进了屋。我的整个身体都感到激动，仿佛我刚打开了一份用闪亮的英国包装纸和蝴蝶结包着的礼物。

　　"你在跟谁招手？"阿米尔抬起头看着我。

　　"没人。"我说。

　　他起身往外看，又看看我。

　　"你看见有人在外面吗？"

我没有回答。他双手叉着瘦得皮包骨的腰，眯着眼死死盯着我。我们瞪着对方，僵持了好几分钟。我的鼻子冷不防地抽搐了一下，我移开了目光。

"有个女孩住在隔壁。"我指了指隔壁的房子，"但是她现在回屋去了。"我看着地板，话不由自主地从嘴里跑出来："她朝我招手来着。"

我抬起头，看到阿米尔瞪大了眼睛。然后，他笑了。

"Brilliant。"他用英语说。

我也笑了，笑得停不下来。我们一边大笑一边流着眼泪。我分不清自己是在笑还是在哭。有一次爸爸带一位正在医院访问的英国医生回家。晚饭后，他和爸爸在客厅里抽着雪茄，用英语聊天，我和阿米尔悄悄蹲在我们房间的门后面偷看，我们想知道他们在说什么。我们只会一点英语。可我们注意到每次爸爸说完话，那个人就会说"brilliant"。爸爸听了似乎很开心，两只眼睛都在放光。我和阿米尔猜想这个单词一定表示一些很棒的事情，才会让爸爸那么开心。当没人在旁边的时候，我和阿米尔有时会冲对方说出这个词。这真是最有意思的单词了，说的时候感觉嘴里像含着羽毛。

我没法不跟阿米尔说那个女孩的事。如果阿米尔不知道，我就会觉得这事不是真的。我希望它是真的，妈妈。

爱你的妮莎

1947 年 9 月 7 日

亲爱的妈妈：

今天早上，趁奶奶和爸爸在看报纸的时候，我和阿米尔一起趴在窗台等那个女孩。她出来了，却没有往我们这边看。她什么也没干，只是来回转圈圈，时不时蹲下来看看地上。

"我们给她发个信号，叫她来窗户这边。"我悄声对阿米尔说。

他惊讶地看着我，眼里闪烁着调皮的神情。

"她要是告诉别人我们在这里怎么办？"阿米尔问我。我们看着女孩盘腿坐在地上，用石头在地上画着什么。

我告诉阿米尔她不会的。我相信如果她想告诉别人，早就告诉了。

"我们可以跟她说，如果她告发我们，我们都会被杀死。"他淡淡地说。

我愣住了，张大了嘴。真的会这样吗？要是这样就太危险了。我们不该去招惹她，但我克制不住心里那股越来越强烈的怒火。一个陌生人能把刀架在我的脖子上，但我们看见一个小女孩在她家后院玩，却不可以和她说话？我把手放到阿米尔的肩膀上。"现在做什么都很危险。我们只是想跟一个小女孩说说话。不会有事的。"

阿米尔想了一会儿。"我们去看看爸爸和奶奶在干什么吧。"

我们穿过走廊、客厅,来到餐厅,看到爸爸和奶奶坐在桌子旁,他们抬起头来。"你们鬼鬼祟祟干什么呢?"爸爸的声音低沉而沙哑。

"玩呢。"阿米尔说。

"玩?"奶奶问。我耸耸肩,阿米尔没理她。看到奶奶的气色变好了,我安心了许多。我坐到她旁边。她拍拍我的肩膀,把报纸叠了起来。阿米尔蹦蹦跳跳地绕着桌子转。以前阿米尔会一连玩上好几个小时,一会儿在菜园子里跑来跑去,一会儿去找他的朋友玩,就连上学路上都是连蹦带跳的。我知道这样说不太好,但是也许对阿米尔来说,在沙漠里行走,至少在我们还有水的时候,要比像现在这样被关在屋里好。

就在爸爸不耐烦地抬头看了阿米尔一眼的时候,我听到外面有动静。那声音很轻,但不是鸟叫。我竖着耳朵听,发觉原来是一个孩子在唱歌。是那个女孩。我们都抬起头来听。这是离家这么久以来我听到过的最甜美的声音。我想爸爸、奶奶、阿米尔也都是这么认为的,我们谁也不说话,安静地听她唱完。我突然担心爸爸和奶奶已经知道我们想做什么了,他们会不会朝窗外看,看看是谁在唱歌。这样的话,他们也许会被那个女孩看到,那比我和阿米尔被她看到还要糟糕。

过了几分钟,歌声停了,爸爸和奶奶又开始看报纸,仿佛什么也没发生过。我不明白他们为什么会这样,也许他们害怕我们问问题。阿米尔一溜烟跑去了我们的房间,我跟在他后面。我们继续看那个女孩。她正用树枝在地上挖洞。

阿米尔展开手掌,露出了从报纸上撕下来的一角。

"你从哪儿弄来的?"

"从奶奶给我的那几张报纸上撕下来的。我们可以把纸包在一块小石头上,扔到她身边。"

"不可能扔出那么远的。"我嘴上这么说,心里却幻想着她走过来,我们在窗边和她说悄悄话,从她那里打听新鲜事。也许她和我们一样孤单。

过了一会儿,我让阿米尔帮我找支铅笔来。他很快从书包里掏出一支。我想了想,在纸上写道:"到我们的窗边来,我们想见你。不要告诉任何人,否则我们会倒霉的。"

阿米尔点点头。拉希德舅舅的邻居知道我们在这里,会生气吗?也许舅舅跟他们是朋友呢?也许他们早就知道我们在这里了。我实在不知道我们现在做事得遵循什么规矩。

"掩护我。"阿米尔说。他拿起纸条,往窗外爬。

"等等,"我喝止道,"你要到外面去?"

他停了下来。"不然我怎么给她纸条？"

我把头伸出窗外，环顾四周，没看见有其他人。我还来不及说什么，阿米尔就抬起两条腿翻过窗台，到了外面。我的心跳个不停，脸颊都开始抽搐。阿米尔捡起一块小石头，把那张纸紧紧包在石头上，往前走了几英尺，然后把小石头扔向那个女孩。石头落地，她迅速瞥了一眼，又抬头看向石头飞来的方向，她吓了一跳。阿米尔爬回屋。我们缩在窗台下面等了几秒钟，然后才鼓起勇气往窗外看。我们看到她慢慢走向那块石头，把它捡了起来。她眯眼瞅着我们的窗户，接着打开纸条，看写在上面的字。她再次看向我们，又眯起了眼睛。我们试着伸长脖子，把头探得远一些。

"我们做到了。"阿米尔说。

我点点头。那个女孩看了看四周，缓缓朝我们这边走过来。她离我们越来越近，我们都屏住了呼吸。她跨过那道低矮的石墙，来到了拉希德舅舅的院子里。现在她离我们大概只有十英尺远了，我清楚地看见了她，她比我想的要小一些，也许只有九岁。阿米尔把一根手指竖在嘴边。

"小点声。"他说。

她点点头，走近了一些。"你们是谁？"她问，"那个脸很奇怪的人去哪里了？"

阿米尔用疑惑的眼神看着我，他不知道怎么回答。我张开嘴，感觉自己都快晕倒了，于是我又闭上嘴，摇摇头。

177

"她不爱说话。"阿米尔指着我说,"我们是从米尔布尔哈斯来的。"

"你们要在这里待很久吗?"女孩问。

"不,"阿米尔说,"我们要去边境。"

"啊。"她睁大了眼睛,一副终于明白过来的样子,"这么说,你们是躲在这里的?"她脸上流露出担忧的神色。

我咽了咽口水。

"所以你不能告诉别人我们跟你说过话。"阿米尔说。

她害怕地看了一下四周,开始往后退。

"别走。"我轻声说,然后伸出手,仿佛我能抓住她的手,可其实我们离得没有那么近。"只要没人发现我们,就不会有人把我们怎么样。"我稍稍提高了嗓门。

阿米尔目瞪口呆地看着我。

我狠狠地瞟了他一眼。那女孩的目光游移着,一会儿落在我们身上,一会儿又移到别处,她还在犹豫要不要留下来。

"你叫什么名字?"我问。

"哈法。"她害羞地说。

"我叫妮莎,他叫阿米尔。"我说。

阿米尔用胳膊捅了捅我的腰。"我好像听到椅子移动的声音了。"他说。

我回过头,仔细听着。

"我们得回去了。明天悄悄来找我们吧。别告诉任何人。"我用最严肃的语气对她说。

她点点头,跳过矮墙,跑回家去。

我听到前门嘎吱一声。拉希德舅舅回来了。

"你觉得拉希德舅舅发现了吗?"阿米尔在我耳边嘀咕道。

"我觉得从小路那儿看不到房子后面,但是我也不确定。"说这话的时候我能感觉到自己的心跳再次加速。妈妈,我能告诉你个秘密吗?我刚刚真的特别开心,才不在乎那么多呢。

"你跟她说话了。"阿米尔说。我点点头,一丝丝喜悦在我的身体里蔓延。

"妮莎,阿米尔,来帮忙做晚饭。"爸爸的声音从另一个房间里传来。

我们赶紧跑过去,看到拉希德舅舅正在把买来的食物一一拿出来:几个红薯、豆角、两个洋葱和两根黄瓜。他从来不买肉,而我多希望能吃上一口鸡肉或羊肉啊。我不知道是不是他原本就不吃肉还是以为我们不吃肉,也许是肉太贵了。不过一想到吃红薯,我就已经流口水了。我都不记得上一次吃红薯是什么时候了。我不知道卡兹是怎么做红薯的,但是我们可以把红薯跟洋葱、豆角一起炸,炸出咸咸辣辣的味道,吃上去还会带点甜味。

我卷起衣袖，在厨房台面上腾出地方来准备切菜。拉希德舅舅递给我一把刀。

跟哈法聊了几句以后，我觉得自己不一样了，好像换了一个人似的。"谢谢。"我说。

拉希德舅舅惊讶地看着我。我也抬头望了他一眼，他冲我点点头，嘴角微微上扬。接着，他去量米。我们安静地做饭，然后我把炸蔬菜和米饭盛到碗里。

被炸成亮橘色的红薯块镶嵌在绿色的豆角和洋葱里，看着十分诱人。"太棒了！"爸爸一边吃一边称赞，他说着还拍了拍肚子。我们都吃得很慢，细细品尝着。阿米尔以前吃饭总是狼吞虎咽，我都怀疑他根本没尝过味道，可现在就连他也慢慢嚼着，认真享受着这顿饭。我们把盘子里的饭菜都吃光后，我和阿米尔收拾饭桌，洗了碗。

爸爸和奶奶喝着临睡前最后一杯茶，拉希德舅舅像平常一样坐在桌边雕木头。

我深吸一口气，阿米尔注视着我。

"你在做什么？"我问拉希德舅舅。我把他平时用的小黑板递给他。

奶奶和爸爸都放下手中的报纸，看着我们。拉希德舅舅也停下来，放下他的工具和木头。他才刚开始做这件木刻，看不出来刻的是什么。他接过黑板和粉笔，一笔一笔地仔细写道：娃娃。我想起了我的布娃娃蒂儿，心中一阵难过。我点点头，想说的话又卡在喉咙里了，只觉得嘴巴发干。我的脸变得滚烫，不知所措地摇了摇头。

拉希德舅舅端详着我的脸。

"你的嘴巴长得跟你妈妈一样"。他写道。我迅速地看向爸爸和奶奶，他们似乎愣住了。阿米尔往我这边挪了挪。

"而你，你的眼睛跟你妈妈一样。"他写完后把小黑板举给阿米尔看。阿米尔摸了摸自己的眼角。

"能见到你们，我真开心。"他继续写道。

他了解妈妈。他能在我们的脸上看到妈妈的样子。这简直就像开启了另一个世界。

"你……她……"阿米尔有点语无伦次，"她对你好吗？"

拉希德舅舅点点头。

"在你们出生前，她就很爱你们。"他写道。

我听到奶奶轻轻地呻吟了一声，像在哭。我听见爸爸清了清嗓子。我感觉自己的身体正在融化。"谢谢。"我轻声说。这是我一直期待听到的答案，这让我觉得我们经历的所有事情都是值得的。印度分裂了，家被摧毁了，但是一种新的东西开始生长——你爱我们，妈妈。

爱你的妮莎

深夜日记

1947 年 9 月 8 日

亲爱的妈妈：

今天我醒得很早。我醒来时阿米尔还在睡觉。他睡着的样子像个小小孩，使我忍不住要去捏捏他的脸颊。在家里的时候，阿米尔有时迟迟不醒来，我就去戳他的脸蛋，盯着他的脸，等着看他睁开肿肿的眼睛。他一般会先扭动一下，攥着拳头揉揉眼睛，像个小屁孩一样看着我。他从来不会气我吵醒他。

我走进厨房，看见拉希德舅舅正在捣鼓着生炉子，准备烧水泡茶。他一见我就咧了咧嘴，我知道他是在笑。爸爸已经坐在餐桌旁看昨天的报纸了，奶奶还在睡觉。

"早上好！"我害羞地说，拉希德舅舅点了点头。泡好茶以后，他往锅里倒入油准备炸普瑞，在家时卡兹每天也是这么做早饭的。他给了我一杯牛奶，我喝完后，他又递给我一碗面粉。我起身倒了些水和面，把它们捏成小球，再碾成圆饼。拉希德舅舅从我手里接过面饼，把它们放进油里炸。我看着一张张圆饼鼓胀起来，觉得心里轻飘飘的，有一种许久没有的轻松感。我们坐下来吃着热乎乎的普瑞和豆子汤。我喜欢把普瑞从中间撕开，往里面填上豆子汤，然后咬上一大口,让柔滑的豆子混着脆脆的饼碎塞满嘴巴。早饭过后,拉希德舅舅拍了拍我的肩膀。我吃了一惊,差点蹦了起来。他举起黑板,上面写着:"我在做的娃娃是送给你的。"然后他指了指凳子上放的那块已经雕刻出了大致轮廓的小木头。娃娃的头和肩膀已经可以辨别出来。我已经过了玩娃娃的年纪了,但我不会对拉希德舅舅这么讲。我走过去摸了摸那块木头,它的表面凹凸不平,还没有被拉希德舅舅打磨光滑。

"谢谢,"我说着朝他微微鞠了一躬,"我会好好保管的。"

有些事情已经变了。我开始觉得,在这里生活令我感到幸福,我觉得这里就是家。那么长的路,我们一步一步走过来了,劳累、饥饿、干渴,我们都熬过来了,我甚至被人用刀威胁却顺利逃脱了。拉希德舅舅告诉我们你爱我们。我跟他说话了,我还跟哈法说话了。经过这些,我感觉自己变强大了,妈妈,我觉得自己变得坚强而勇敢。现在我最大的愿望就是,我们可以一直待在这里,躲在这里,直到人们不再互相仇恨,我和哈法就会成为真正的朋友,拉希德舅舅就会成为我真正的舅舅。

我和阿米尔等着爸爸和奶奶去看报纸,等着拉希德舅舅出门,这样我们就能去窗户那边了。我们大声地唱歌、讲故事,好让爸爸和奶奶不起疑心。我们等了很久,哈法都没有出现。也许是我们把她吓坏了,这么想着,我们都有点丧气,便不再趴在窗台看了,背过身靠着墙壁坐下来,愣愣地盯着前方。对面的墙角边整齐地摆放着我们的背包和铺盖卷。爸爸每天早上都让我们整理行李,阿米尔每次都会问是不是要走了,爸爸却摇摇头。

"那我们什么时候走?"阿米尔说这话时总显得他很想离开。我知道他讨厌被困在屋子里,但他难道忘了我们差点就死在外面吗?

"外面很危险,我们能不出去尽量不出去。"爸爸说,"能待在这里,已经很幸运了。"

"那为什么我们每天都得收拾行李呢?"阿米尔又问。但是爸爸一次也没有回答过。

也许爸爸也想永远待在这里。我低着头不出声。我满脑袋都想着要是能再跟哈法说说话就好了。我们终于等到她出现了。她从屋子里走出来,像是没有注意到我们。我们看见她在地上画画,唱着歌跑来跑去,还翻起了跟头。她把乱糟糟的辫子解开又重新编好。然后,她终于转过身来,眯着眼睛看向我们。阿米尔把一只手伸出窗外。她眯眼看了我们一会儿,又开始编她的头发。为什么她不过来呢?我那么想跟她交朋友,难道她不想跟我交朋友吗?

她环顾四周,开始往这边走,一直走到窗边。我试着把她说的每一句话都告诉你,妈妈。

"我知道你们在看我,但是我很害怕。现在我爸爸出去了,我妈妈在里屋缝衣服,"她告诉我们,"她不在窗户旁边。"

"为什么你没有兄弟姐妹?"阿米尔问。我瞪了他一眼。这是不是太不礼貌了?但是我扭头看着哈法,我也想知道。

"我有,"她说。"我有两个哥哥。他们比我大很多。"

我们互相注视着。我好像听到了椅子摩擦地板的声音,我和阿米尔不敢再说话,但很快那声音就消失了。

"他们在哪里?"我自己的心跳声越来越响亮地冲击着我的耳朵,但我还是忍不住轻声问她。

哈法用一只脚踢着泥土。她抬起头,眼睛里流露出悲伤。

"我们不知道。他们离开了。那时候有一些人打着火把在村子里搜查,要把所有印度教徒和锡克教徒都赶出村子。我两个哥哥跟着他们一起走了,去为巴基斯坦而战。"

我们顿时又安静下来。阿米尔打破了沉默。

"所以,你不应该喜欢我们。"阿米尔说。

我几乎无法呼吸了。他为什么要这么说?我想用手捏住他的嘴,把他拖走。爸爸告诉过他不要说这些的。

"你们也不应该喜欢我,因为我是穆斯林。"哈法说。

"但这太奇怪了。"我说。我无法解释我看着她时心里的那种疼痛与不舍,仿佛在那一刻,和这个女孩成为朋友是我仅有的愿望。

"我的朋友们都走了。他们有些是印度教徒,有些是锡克教徒。"她说着又低下头。

又一阵沉默。我知道我想说什么,我在脑子里练习过。就七个字,七个字而已。我感到身体里的血液正在奔腾。我的胸口剧烈地起伏着,耳朵里灌满了心跳声。我清了清嗓子,舔了舔嘴唇,张开嘴,又闭上。等我终于又启开两片嘴唇,那七个字就蹦了出来。

"我妈妈是穆斯林,"我说,"住在这里的那个人是我们的舅舅。"

阿米尔盯着我。

"啊。"哈法的脸上露出了微笑。

"是的。"阿米尔说,"这意味着,我们拥有两边的身份,既是穆斯林也是印度教徒。"

"你们很幸运。"哈法说。

"应该算是幸运,"阿米尔说,"可我总不这么觉得。"

"这么说你们会留下来?"哈法问。她踮了踮脚尖。

"我希望可以。"我说。

阿米尔看了看我,摇摇头说:"但我们不能。"

"为什么?"哈法问。

"因为我们的妈妈已经去世了。"阿米尔说,"其他人只知道我们是印度教徒,所以我们必须离开。"

"你们一定很难过吧,你们的妈妈……"

"是的。"阿米尔说。我也点点头。

"我能进去待一会儿吗?"哈法问,"我从窗户爬进去。我妈妈这会儿是不会发现的,她做针线活的时候完全顾不上别的事。"

我和阿米尔四目相对。万一我们听到走廊里传来爸爸或奶奶的脚步声,我们也有足够的时间让哈法出去。阿米尔轻轻地关上了我们卧室的门。

"他们在看报纸,"阿米尔说,"不会起疑心的。"

哈法轻松地跃过了窗户。

我的呼吸立马变得急促。"我担心……"我的声音有些颤抖。

"我们弄一个暗号吧。"阿米尔说,"不管谁听到了椅子移动的声音、脚步声或是说话声,就把手举到头顶,哈法就马上从窗户跳出去。"

我和哈法认真地点点头。哈法的辫子比我的还长,可却松散了,她没带头绳来。几缕头发贴在她的脸上。她试着把它们都往后捋,编在一起。

"你能帮帮我吗?"她用清澈明亮的眼睛看着我。

"我?"我惊讶地指着自己。

"你知道怎么编辫子吗?我自己弄不好。我妈妈今天没有给我绑紧,我们找不到头绳了,就是我一直用的那条绿色丝带，今天怎么也找不到了。我不喜欢用麻线绳。"她皱起了眉头。

"好的。"我激动地答道。她转过身去，我小心地将她的头发都拢到手里。我很小的时候奶奶就教过我编辫子。哈法的头发又软又顺滑，不像我的又粗又卷。我把它们分成三股。阿米尔安静地看着我们。我慢慢地把两边的两股头发编进中间那股里，尽量编得紧一些。

"如果我弄疼你了，请告诉我。"我说。

"没有，很好。扎紧一点。"

我编完之后，她转身对着我。

"看起来怎么样？"她问。

我端详着她。她的头发现在整洁地扎成辫子垂在背上。她浓密的眉毛下有一双乌黑的眼睛，小嘴巴微微上扬，形成一抹微笑。

"真漂亮。"我说。她笑着摸了摸辫子。

"你想让我给你编辫子吗？"她问。我说好。她缓缓捋着我的头发，把打结的发丝一一解开。我的脸红了。

"我没梳子，自从……"

"没事，"她打断我的话，"这样编起来会很好看。"

她编完后，欣赏着自己的"作品"。"好多了。"

我害羞地笑了。

"有人来了。"阿米尔低声说，他的手举在了头顶。我们还来不及说什么，哈法就爬到了窗户外。奶奶打开门，盯着我们看。

"你们在跟谁说话？"她问。

"我们除了互相说话，还能跟谁说话？"阿米尔急忙接话道。

"我不知道。"奶奶仍然盯着我们。

"你自己编了辫子？"奶奶说。

我摸着辫子点点头。

"我帮她弄的。"阿米尔拍拍胸脯说。我迅速瞟了他一眼。为什么他要这样说？奶奶准知道他在说谎。

"这样啊。"她拖着步子走了。

她一走，我和阿米尔就瘫在了地上。

"别搞砸了。"我小声说。

"那你说话啊，别都让我说。你跟哈法在一块时倒是挺能说的。"

我耸耸肩，把头靠在墙上。笑容悄悄爬上我的脸庞。为什么我在哈法面前就不会说不出话呢？我还能感受到她丝滑的头发握在我手心里的感觉。也许，万一爸爸发现了，或者她的父母发现了，会认为这就是两个孤单的小女孩想交朋友。友谊怎么可能是危险的呢？

爱你的妮莎

深夜日记

_1947 年 9 月 9 日_

亲爱的妈妈：

哈法今天又来了。

"我给你带了点东西。"她站在窗户边说。

我和阿米尔把头伸了出去。

"把你的手给我。"她看着我。

"我？"我指了指自己。从来没有一个女孩给过我任何东西。我慢慢伸出手。

她把一根细细的红丝带塞到我手里。

"我妈妈给我带回来一根新丝带，但是太长了，所以我把它剪成了两半。"她转过身给我看，只见她乌黑发亮的辫子末端绑着一根红丝带。肯定是她妈妈给她编的辫子。"这一半给你。"

我把丝带紧紧攥在手里，感觉快要哭出来了。

"谢谢。"我说。

"为什么你看起来很难过？"她问。

"不是，我没有，"我说，"我很开心。"

"真高兴你们两个能住在这里。"她转头看着阿米尔，然后问道："我总是一个人，你们能留下来吗？"

"没准有这个可能。"阿米尔说,"谁都不知道大人们下一步会怎么做。"

我点点头,哈法也点点头。也许我们可以去问问爸爸。人们最终会停止争吵、打斗,对吧?阿米尔问能不能看看我的丝带,这时我们听到了椅子移动的声音,阿米尔说"快走",哈法跑开了。我本来还想让她给我编辫子,再绑上红丝带,可如果那样,奶奶会问红丝带是从哪儿来的,爸爸倒是不太可能会注意到。虚惊一场,没人来我们房间。今天哈法走了后没再过来。我握着那根红丝带,手心都出汗了,过了很久才把它放进装着你的首饰的小袋里,在这里我没法用它绑头发。我希望哈法不要因此难过,明天我会跟她解释。妈妈,我有了一个可以说话的好朋友了,你相信吗?

爱你的妮莎

深夜日记

1947 年 9 月 10 日

亲爱的妈妈：

今天，我们把头探出窗外，等了很久。等她的时候，我心里渐渐变得慌张，万一我再也见不到她怎么办？终于，哈法出现了，她朝我们跑过来，辫子一甩一甩的，我蹦了起来。这几天很热，空气又特别干燥，她一跑起来，扬起的尘土就围着她打转。我要把我们全部的对话写下来，我永远都不想忘记。

"对不起。"她来到窗边，气喘吁吁地说，"早上，妈妈让我帮忙打扫卫生，洗衣服。"她注视着我。我的头发松松的，有几绺缠结在了一起，还有几绺贴着我的脸颊。

"你为什么不扎丝带？"她用手捋着自己的辫子问。

"我很想用的，"我说，"但是我怕爸爸问。"

哈法的目光垂了下来。"明白了。"

"这是我收到过的最好的礼物。"我脱口而出。

"是吗？不过是一根丝带而已。"她的眼神又有光了。

"她在家时一个朋友都没有。"阿米尔说。

我立刻瞪了阿米尔一眼，不过他说的是事实。也许，就因为他知道我没有朋友，所以他自己有很多朋友这件事，会使他觉得不那么痛快。我猜他没有把萨彬算上。也许他每回交新朋友的时候,都会隐隐觉得自己又一次把我抛弃了。我沉浸在自己的思绪中,完全没有听到脚步声,直到阿米尔轻轻叫了一声,有一只大手随即落在我的肩膀上。哈法迅速地转身跑掉了。

"别站在窗户那里了。"爸爸在我身后吼了一声。从窗户边走开的时候,我偷偷看了一眼哈法,她跑得太快,辫子都松了。

"我们的麻烦还不够多吗?你想让我们都送命吗?"爸爸厉声呵斥道,他的眼中闪烁着怒火。换作以前,遇到这种情况他肯定会冲我们咆哮,可他知道在这里不行。

我和阿米尔往后退,靠墙站着。

"她不会告诉别人的。"阿米尔说。

"你根本就不懂。"爸爸靠了过来,他怒视着阿米尔,唾沫星子从他嘴里飞出来,落在阿米尔的脸上。阿米尔一动不动。

"求你了,爸爸,不要生阿米尔的气,都是我的错。我只是想交个朋友,想找人说说话。"我说。

爸爸愤怒的目光移到我身上。"是吗?如果真是这么回事,那我之前就不该一直告诉你要多说话。也许你闭上嘴,对我们都好。"爸爸说。他的话深深刺痛了我。我的喉咙发紧,心里满是羞愧。

他摇摇头。"现在我们不得不离开。"他走出房间,我和阿米尔愣愣地站在原地,我们的手臂像抬不起来似的垂在身体两侧。阿米尔突然抓住我的手握着,我们又站了一会儿,然后坐到了床沿上。我听到爸爸跟奶奶说话,奶奶连声叹气:"不,不。"

我们不敢离开房间,静静地坐了很久,直到爸爸叫我们去吃晚饭。吃饭的时候,谁也不说话,谁也没看我们一眼。拉希德舅舅也知道了吗?我只听到咀嚼食物的声音和碗勺的碰撞声。我的脑袋一片空白。我不感到悲伤,也不感到害怕,只觉得心里空空的。

也许爸爸说得对,我不说话对每个人都好。我再也不说话了,妈妈,再也不了。我会和拉希德舅舅一样,如果真的想说什么,就写在黑板上,这样说出的话还可以被擦掉。

爱你的妮莎

1947 年 9 月 11 日

亲爱的妈妈：

　　黎明时分，我们上路了。爸爸不想吵醒拉希德舅舅。他还说我们别无选择。我们要么待在这里拿我们的生命冒险，要么冒着生命危险去乘火车、穿越边境——这是我们唯一的希望。爸爸说如果要走完全程，奶奶的身体是撑不住的。

　　我和哈法永远不可能成为给对方扎辫子、每天聊天、分享秘密的朋友了。我也再不能从拉希德舅舅那里打听你的事，今后我又只能任凭自己去想象了。我在这里曾拥有的，现在都如尘埃般飘散了。

　　趁拉希德舅舅还睡着的时候，爸爸和奶奶就悄悄收拾好我们的东西。爸爸把舅舅家里全部的新鲜食物——一个红薯、一串胡椒和两个西红柿装进自己的包里，他还打包了几个恰帕提和一大袋米。

　　妈妈，我又失去了一部分的你。那感觉像是我的心被劈成了两半，再也无法愈合。为什么我非要跟哈法说话呢？如果我们死在了火车上，那就是我的错。即便我们能活下来，这种羞愧感难道就不会一辈子跟着我吗？

　　我卷起我的垫子，拿起我的包。我在想，拉希德舅舅为我们做了这么多,我怎么能连声"再见"都不跟他说呢。我想到他又变成孤零零的一个人了。我觉得他甚至有点喜欢我们在他身边了。最近我注意到,他晚上雕刻木头的时候总是哼着小曲。然后,我看见了那个雕了一半的娃娃,就放在他的小板凳上,等着他继续雕刻。一股更强烈的悲伤袭来。我不知道是否该把娃娃带走,如果带走它,舅舅就永远没有机会把它雕刻完成了。当爸爸和奶奶忙着收拾行李的时候,我假装要找什么东西,跑回自己的房间。我迅速而镇定地写下了这些话:

亲爱的拉希德舅舅:

都是我的错,我们必须离开了。我只是想交一个朋友。你是否也曾像我一样,那么急切地想要一个朋友,而不去管会有什么后果?我希望我们能再见到你。谢谢你跟我一起做饭。谢谢你告诉我有关妈妈的事。别因为那个娃娃而伤心。希望它会很漂亮,那你就可以卖很多钱。希望你有一天会来找我们。请原谅我。

你的外甥女妮莎

可是我没能把这张字条留给拉希德舅舅。爸爸找到了我，他说如果我还在这个愚蠢的本子上写字，他就要把它收走。我马上把本子塞进包里。他催我们赶紧出门。也许有一天我可以把信邮寄给舅舅。我们在门外站了一会儿，迎着晨曦不停地眨着眼睛。我不知道我希望接下来怎么样，不过在屋里躲了这么多天以后，出去做什么似乎都不是难事了。我出门的时候，惊讶地发现爸爸在放在餐桌的黑板上给拉希德舅舅留了一段话。我记得每一个字：

亲爱的拉希德：

我们不得不立刻离开。隔壁的女孩看见我们了，你要当心点。你为我们做的一切，我无以回报，但愿我们没有给你带来危险。法里娅在天堂里看着呢。我能感觉到她。谢谢。

看到你的名字，我倒吸了一口气。我总是叫你妈妈，你对我来说就是妈妈，直到我看到你的名字，我才意识到我都忘记了你叫法里娅。看到爸爸写的"法里娅"，我觉得仿佛有一盆冰水浇在我脸上。法里娅，法里娅，法里娅，这三个字让我意识到你是一个完整的人，而不仅仅是我的妈妈。我写到这儿，手都哆嗦了起来。

我们走了一段路后,阿米尔小声问:"为什么我们不跟拉希德舅舅告别?"我听出他的声音带着哭腔。

"他和我们的牵扯越少越好。如果不是你们两个这么蠢,我们本可以跟他好好告别的。我只是努力确保你们安全,你们还不明白吗?"他向后捋了捋头发,他那头稀疏的黑发中夹杂着灰白的发丝。我从没见过爸爸这么心烦意乱。我见过他比现在更气愤的样子,但这次不一样,他的眼神是茫然的,说话的声调提高了不少。

爸爸说我们要趁没人发现,赶紧走到主路上去。这样我们就能加入赶路的大队伍中。很快我们就走了好几英里,我们传递着水、蔬菜和恰帕提,边走边吃,一刻也没有停下来。快到下一个村子的时候,路上的人越来越多。当我们走近前面那拥挤的人群,爸爸惊恐地睁大了眼睛。他让我们手牵手,紧挨着彼此。

我和阿米尔紧紧牵着对方的手,爸爸抓着我和奶奶的胳膊。我们四个人连成一体,慢慢地走着,在中午的时候进了村子。有上百人在排队买火车票,我们也去排队。在我们前面的基本都是一个个家庭,他们每个人都看上去又累又脏。没有人交谈。我想起以前在米尔布尔哈斯,在菜市场里或者每逢过节的时候,人们聚在一起什么都聊,哪串胡椒看起来熟了,谁要结婚了,谁生孩子了,谁生病了,谁要搬家了……人们似乎想都不用想,嘴巴里就会蹦出一句接着一句的话。

"每隔几个小时就有一趟火车。"爸爸说。

我们点点头,小心翼翼地跟着队伍挪动。队伍前进得很慢,突然停下来了。卖票的人大喊票卖完了,要等火车来了他才会开始卖下一趟的票。阳光火辣辣地照在我们身上,我们又渴又累,但只敢每人喝一小口水,身体一会儿往左倾斜一会儿往右,好让两只脚轮流休息。站在我们前面的一家人带着一个小婴儿,那位母亲把裹着婴儿的襁褓绑在身上,身旁还跟着两个小男孩。他们一直盯着我们看,直到他们的父亲用手推了推他们,他们才转过身。

火车进站了,虽然火车头还没出现,但是我听到了金属车身摩擦铁轨的声音和刺耳的刹车声。所有人都探出头去看,有些人开始往火车的方向涌去。很多人不再排队,想直接冲上车。火车上顿时挤满了人,只见一排排的脖子从车窗里伸出来,大概是里面的人们被挤得喘不过气了,还有人坐在车顶,有人挂在车身两侧。爸爸重重地拍了一下我的肩膀。

"往后退,我们等下一趟。"

有些人愤怒地挥舞着手中的车票,有些人抢着踩上了火车的台阶,拼了命往车里挤,一些年轻的男人爬到车顶。检票员走了出来,试着驱赶人群,但是人太多了,他无法制止他们。我们稍稍往后退,看着眼前乱哄哄的情景。站在我们前面的男人冲着他的家人大喊:"下一趟车也会挤满人的。看这情形,有票没票都一样!"

然后他转向我们,嚷道:"为了逃命,赶紧上车吧,谁知道下一趟车什么时候来。"

"太挤了,太危险。"爸爸说。

我也怀疑我们是否能挤上下一趟火车,还是我们会溜回拉希德舅舅家里,要是能回舅舅家就好了。

那个男人带着他的妻子、小婴儿和两个儿子往前跑。其中一个男孩摔倒了,黑压压的人群往前推挤着。很快,他就消失在我的视线里,而他的家人并没有注意到他不见了。那个男人踩上了车厢的台阶,转身招呼家人过去。他拽着一个儿子爬上火车。这时候,他的妻子发现另一个孩子丢了,她大喊大叫,横冲直撞地寻找孩子。其他人冲到了她前面,她那上了车的丈夫和孩子很快也不见了。火车开动了。她抱着小婴儿跟着火车跑,之前摔倒的男孩爬起来了,看到了她。他大喊着冲她招手。她转过身,跑过去把男孩一把抓住揽进怀里。他们就这样看着火车载着孩子的爸爸和另一个孩子离开。

我特别想把看到的事情告诉爸爸,就使劲拽爸爸的衣袖。

"怎么了?"他吼道,目光严厉地看着我。

我指了指那个蹲在离铁轨大约三十英尺处的女人,她仍然哭个不停。我能从人群的缝隙间看到那个男孩用手臂揽住母亲，试着安慰她。但是爸爸没有看见这一幕。

"怎么了？"他又问。

"什么事？"阿米尔问。我没法开口说话，即便对着阿米尔也不行。我的大脑似乎彻底关闭了我说话的功能。我只能把要说的话写给爸爸看，于是从包里找出日记本和笔。有太多人跳出了队伍，推来搡去，大声叫嚷，而我们仍旧在排队。爸爸怎么会没注意到那家人呢？我该怎么说明白呢？我咽了咽口水。有一家人——一对父母带着两个女孩和年纪小一些的两个男孩，走过去安慰那个女人。

我又往那边指了指。

"妮莎！"爸爸很不耐烦地说，他环顾我们周围的这一片人海，"请告诉我你到底在指什么。"

看上去那个女人得到了那一家人的帮助。他们在跟她说话，扶她起来。我想现在爸爸也帮不上什么了。

我摇摇头，盯着自己的脚看。如果没有人帮助她，而我又没法告诉爸爸，那她怎么办呢？我真是个没用的女孩。我应该让他们通通都上车，不要管我。这样爸爸、奶奶和阿米尔再也不用担心我这个没用的人，也不用再浪费水和食物在我身上。

我们终于买到了票。几个小时后火车来了，我们也已经排到队伍的前头了，就在铁轨附近。

爸爸紧紧搂着我们。"不要等别人下车，只管上去。"他的声音冲破了嘈杂声。

　　我屏住呼吸，我没有勇气逃跑。如果我跑了，爸爸和阿米尔就会到处找我，那我们就永远逃不掉了，我也只会变得更没用。

　　也许等我们到了新家以后，我可以找一个早晨悄悄溜出门。他们会来找我，但很快就会发现，没有我，一切都只会更好。我只是个不起眼的小不点儿，连一句话都说不出来，只会招惹来恶人，只想着与不该交朋友的人交朋友，甚至都不能开口请人去救一个母亲和她的孩子。

　　火车靠站停了。爸爸迅速观察了一下情况，这列火车和之前那列一样拥挤，但是天已经快黑了，我们不能再等下去。我看见那个母亲又坐在地上，一只手摇晃着怀里的小婴儿，一只手搂着另一个孩子，身边一个人都没有。他们接下来该怎么办？

　　"上车！"爸爸说着把我们往车门里推。我紧攥着阿米尔的手，奶奶抓着我的一只胳膊，爸爸在后面推我们。我们沿着台阶被人群冲入车厢。所有的座位都坐满了，角落里也都是人，我们挤到过道上。

　　车厢里潮湿闷热，一股臭气钻进我的鼻子，还刺痛了我的眼睛，我赶紧闭上双眼。我们往过道中间挤的时候，我扫了一眼周围的人，每个人看起来都是那么脏，那么饿，又那么害怕。有些人可能在火车上待了不止一天。我能听到外面那些没能挤上火车的人在哭喊。检票员试图把门堵住……然后，火车开始动了。再见，卡兹！再见，拉希德舅舅，还有你的房子，妈妈！再见，哈法！再见，昔日的印度！

爱你的妮莎

1947 年 9 月 12 日

我看到了一些我从未想过我会看到的事情。有人在火车上打架，打得鲜血横流。我不知道火车会不会停下来，会不会有更多的人加入打斗，会不会有更多的人被杀死，也许我们也……如果有人发现了这个日记本，请把它交给住在米尔布尔哈斯的卡兹·赛义德。请记住我们。请记住印度未分裂前的样子。

深夜日记

1947 年 9 月 26 日

亲爱的妈妈：

离我上次给你写信已经有两周了。前些日子，我没法写信告诉你发生了什么，但现在我要把全部的事情都写下来。也许我把它们记在这里，你就能帮我保存这段记忆。上次写信时我们还在火车上。火车行驶了大约一个小时后就慢了下来，我坐在地板上，望不见窗外，但我看到很多人都在往外看。

"为什么慢下来了？"奶奶问。

"有人要拦火车！"一个人喊道。

爸爸抓起我们的胳膊，让我们站起来，然后他推开其他人，往窗外看。

我瞅见奶奶的手，在她那又薄又干的棕色皮肤下，浅蓝灰色的静脉血管清晰可见，我的目光顺着她的血管移动到她的指尖，她的手指在颤抖。在那件事发生之前，这是我最后的记忆——奶奶的手指哆嗦得像是地震时挂在墙上的画。妈妈，我不能再写下去了，我以为我可以，但是一想起那件事，我就感到恶心。明天我再试着跟你说。

爱你的妮莎

1947 年 9 月 27 日

亲爱的妈妈：

  我保证，这次我将尽可能好好说给你听。我不记得所有的事，我的记忆里有一段段的空白。也许我看到的不止这些，我会把我记得的都告诉你。
  有几个男人——好像是四个挡在铁轨上。我只知道火车慢了下来，随着一声刺耳的刹车声，我们都向前栽倒，后面的人压在前面的人身上，有人踩到别人的脸上。阿米尔和奶奶倒在了我身上。过了一会儿，我们才重新站定。
  我还没看到人，就听到了他们的嚷嚷声。我看着奶奶的手抖个不停，听着外面的叫嚷声越来越大。我还听到了愤怒的跺脚声，有人似乎要把地都踩塌了。车厢里的女人们都紧紧搂着自己的孩子。我、奶奶和阿米尔尽可能低地弓着身子，紧紧抱在一起，爸爸看着窗外。
  "退后！"爸爸突然吼了一声，把我们从门口往里面推。两名检票员尖叫着从我们身边挤过去，手里还挥着刀，其中一个有枪。妈妈，你听到过成年男人的尖叫声吗？怪极了。这一切都像是以极慢的速度在发生，我似乎不在自己的身体里，这种感觉跟前些日子我被人用刀抵住脖子时一样。真希望我只是在火车上睡着了，做了一个梦。

那几个男人爬上台阶，试图进到车厢里，检票员又把他们往回赶。检票员挥舞着手中的武器，用一种不像是人会发出的声音声嘶力竭地叫着，我捂住耳朵。有一个检票员在经过的时候踩到了我露在外面的脚指头。我低头看着血从指甲盖里涌出来，阿米尔把我拽到他和奶奶身边。

爸爸张开双手，站在前面护着我们。我、奶奶和阿米尔与其他的女人和孩子一起蜷缩在地上。我们身旁有一位母亲，她抱着她的三个小孩：一个小婴儿和两个年幼的女孩。她和我们紧挨着，我能感觉到其中一个女孩有些酸臭的呼吸扑到我脸上，那个女人在低声祈祷。我和阿米尔攥紧了对方的手，我想，如果我死了，我很高兴能和另一半的自己——我的弟弟死在一起。

那些人在外面打了起来。爸爸和许多乘客都冲到窗边看。阿米尔把我拉到其中一扇车窗底部的裂缝边，我们的头抵着陌生人的头，大家都盯着窗外。那些人拳打脚踢，互相乱揍，还用刀砍。有一个人大喊是印度教徒先动手的，我们火车上的人就大喊是穆斯林先动手的。有一些乘客被激怒了，要冲到外面去加入混战，他们的妻子拽着他们的胳膊哀求他们不要去。有好多血。有一个人的腿被砍断了，有一个人的喉咙被割破了，有一个人的胸口被插了一刀。突然响起了枪声，锡克教徒也动手了，每个人都想把别人杀死。一个穆斯林倒下了，一个印度教徒倒下了，一个锡克教徒也倒下了，他的头巾散落在地上。我看见一个穆斯林男人躺在地上，他的喉咙被割破了，眼皮直往后翻。他身边躺着一个胸口喷涌着鲜血的印度教徒检票员。他们紧挨着彼此躺着，手碰着手，就这样死去了。我看着他们，妈妈，我看着他们就这样死去了。

火车又开始动了，那些还活着的印度教徒纷纷跳上车。我看着地上那些死去的人，这是为了什么？我不明白。人们还要继续这样互相报复吗？我浑身发抖。我以前没见过杀人。刚才看到的那一幕幕改变了我。过去我认为大部分人是好人，但是现在，我怀疑是否每一个人都可能会杀人。妈妈，当他们决定把印度分裂成两个国家后，是谁第一个杀人的呢？

火车开动后不久，我觉得头轻飘飘的，眼前一片昏暗。接着我就什么都不记得了，只知道爸爸摇醒了我，阿米尔和奶奶围在我旁边。我晕过去了吗？还是我在火车的地板上睡着了？已经过去多久了？

爸爸轻轻摇了摇我的肩膀，他的眼神有些恍惚。"阿米尔，妮莎，我们到了。"他说。

爱你的妮莎

深夜日记

1947 年 9 月 28 日

亲爱的妈妈：

我还没有告诉你我们在哪儿。我们在焦特布尔，在新印度。从前那个印度已经不存在了。我们住在一间只有一个房间的公寓里，楼下就是香料铺，这是拉杰叔叔和鲁佩什叔叔给我们安排的。公寓里有一块用作厨房的小地方，边上装了水池和炉子。地上铺着满是裂缝的黄绿色瓷砖。房间里有一个洗浴室，地上有排水孔，一根长管子连着花洒，可以喷出凉水。公寓外面的走廊尽头有一个卫生间。公寓里一天中只有几个小时是有自来水的，但有总比没有好。我们刚到这里时，房间里都是沙土和蚂蚁。我们已经尽全力打扫了，可房间里还是有很多灰尘，而且很暗，住着总觉得不自在。我不知道我们要在这里待多久。

当我们步行前往边境的时候，我无法想象自己一个人会怎样，途中我也从未想过要一个人待着。但现在我们脱离了危险，我却很怀念从前住在那栋山坡上的房子里时，我一个人坐在菜园子里看日落，或是阿米尔不在时我一个人待在卧室里，又或是偷偷跑到爸爸的房间或厨房里转悠。那时我总能独自做些什么，总有一个地方能让我一个人待着。妈妈，我也怀念拉希德舅舅和你的房子，我怀念躺在沙发上看书的时光，即便我们当时不能出门。

现在，公寓里有一张木桌子和几把椅子，剩下的地方只够我们安置铺盖。沙石墙壁上光秃秃的。我们有屋顶，我们还活着，我们安全了，我还有什么可抱怨的呢？那么多人死在半途中，我怎么还敢抱怨？拉杰叔叔一家和鲁佩什叔叔一家住在同一条街上，他们的公寓和我们的差不多。我们聚在一起吃晚饭，要么在我们这儿，要么在他们那儿。我、阿米尔和五个堂兄妹会在地上铺一块小毯子，大家围着毯子屈膝坐着，把有凹痕的旧金属盘子放在腿上。在这里见到他们真是太好了，但我脑子里想的全是我们失去的一切。这是不是表示我是一个很差劲的人？

我常常想起我们的杧果树，许多许多的杧果树；我会想起黄昏时分鸟儿和虫子唧唧啾啾的叫声，还有那片甘蔗地。我还想卡兹，我时不时就会想起他。我想假装不想他，但其实我特别特别地想念他。从某种角度来说，他是我唯一真正的朋友。

焦特布尔是一个炎热的大城市，我唯一喜欢它的是：这里没人想杀我们，而且很多房子都被涂成了漂亮的蓝色。

我的噩梦会停止吗？我可以不再想在火车上看到的事吗？那些画面每天都出现在我脑子里，就像有一台收音机一直在播放那些事，它们成了永远抹不去的背景音。我们到达

深夜日记

这里并安顿好一切后,爸爸告诉我们,有成千上万的人在穿越边境时死了。也许神一直在保佑我们,他说。爸爸很少说这样的话。他还说我们之前经历的还不算最危险的,各种人——男人、女人和孩子,都被我们连想都想不到的方式杀害了,而且这种杀戮还在继续。他说,在火车停靠的每一个站台里,到处都是死人的尸体,他们有些本来要从巴基斯坦去印度,有些要从印度去巴基斯坦。所有的人都互相指责。印度教徒、穆斯林、锡克教徒,他们都干了很糟糕的事情。但我做了什么?爸爸、奶奶和阿米尔做了什么?卡兹又做了什么?而我却每天晚上被噩梦惊醒,妈妈,我该怪谁呢?一定是某个人的错。也许我该责怪每个人。

爱你的妮莎

1947 年 10 月 3 日

亲爱的妈妈：

我们来这里已经快三周了，我一直没有给你写信。我也不知道为什么，脑袋就像被什么堵住了似的。我心里一直很难过，可我不是该感到开心才对吗？

我和阿米尔上周开始上学了。我现在正在学习印地语，这能占用我的一大部分注意力，让我没空去想那些我不愿去想的事。但我还没有大声地说过印地语。爸爸去了一家诊所上班。奶奶一遍又一遍地打扫房间，她现在又开始唱歌了，还偷偷写信，不许任何人看。我还是不跟别人说话，连跟阿米尔都不说，他也不再追着我问这问那了。我猜他会在学校里交到新朋友，不会那么在意我会不会跟他说话。我很难受，我不想这样疏远阿米尔，可我就是无法让自己开口说话。没有办法，我就是说不出来。当我想象自己大声把话说出来时，却感觉它们震耳欲聋，好像会伤害到别人。幸运的是，爸爸和阿米尔的关系变好了。自从我们来到这里，爸爸对他的态度好多了，还会辅导他做作业。我想这是因为爸爸曾差点就永远失去了阿米尔，他知道那有多么可怕。

爸爸一直求我说话，他从未这样过。昨晚他跪在我面前，看着我，眼里噙着泪水，他说如果我觉得在离开拉希德舅舅家时，他对我过于严厉，他向我道歉，还说那些事都过去了，重要的是我们现在很安全，我们都活着。他请求我原谅他，问我他能做些什么。我从未见过爸爸这样。我能跟他说什么呢，是说，我不说话，对所有人都好，还是说，我唯一想说的话都是别人不想听的，还有，就算我想说，我的身体也不容许我说？我只是拍了拍他的肩膀。"我很好，爸爸。"我把这句话写在一张小纸片上，递给他看。他看了后告诉我不必再这么勇敢。我愣住了，只听见手里的笔咚的一声掉在地上。爸爸认为我很勇敢？他究竟为什么会这么认为呢？

每天放学以后，我跟阿米尔、奶奶一起去菜市场买菜。现在家里由我负责做饭，爸爸和奶奶都没有阻拦。我甚至还给拉杰叔叔、鲁佩什叔叔他们两家做饭。如果我长大后要做一名厨师，现在也不会有人介意了。我真该为此高兴，可我既不开心，也不难过，只是觉得我必须做饭。米饭煮熟时飘出的香味，用刀切开新鲜西红柿的感觉，洋葱和芥末籽在炒锅里发出的嗞嗞声，只有这些能让我心里舒服点。

昨晚，拉杰叔叔带了一台收音机过来，我们吃晚饭的时候听了一会儿。昨天是甘地的生日，播音员说甘地在他生日这一天禁食，用纺车纺纱，还说很多人去拜访圣雄甘地，为他送去祝福。但是甘地并不开心，他很悲伤，因为印度教徒和穆斯林还在互相残杀。我明白他的感受。也许甘地在纺纱的时候，和我在做饭时一样，能够找到片刻安宁。

爱你的妮莎

1947 年 10 月 5 日

亲爱的妈妈：

学校里有个女孩，她个子很小，扎着两根辫子，左边一根，右边一根。她总是跟着我，但不说话，当然，我也没有跟她说话。上课时、吃午饭时，她都坐在我旁边，我们都不跟任何人说话。有时候她看着我，会冲我笑一下，但这使我害怕，我不敢看她的眼睛，就赶紧低下头。我甚至都不知道她的名字。我不知道她是本地人，还是和我一样从别的地方逃来的。她见到过有人在眼前死去吗？她见过比我之前看到的更悲惨的事情吗？我想问她这些问题，但我无法说话。我已经破碎了。我好像变成了一个个小到不能再小的碎片。

这所学校比我以前的要大很多,学校里既有女孩又有男孩。我很庆幸能回到学校。我喜欢低头写东西、做算术,努力不去想别的事。我把每一支笔都削得很尖。可是这个女孩总跟着我,我希望她能离我远点。

爱你的妮莎

1947 年 10 月 15 日

亲爱的妈妈:

最近发生了一件事情。我仍然不敢相信那是真的,所以一直没有告诉你。我想必须等等再写,因为我害怕自己是在做梦。我担心如果我开始动笔写,我就会从梦中醒来。妈妈,我想这一定是你送给我的礼物,不然怎么会有这么好的事呢?

爱你的妮莎

1947 年 10 月 18 日

亲爱的妈妈：

又过去了三天，我现在准备好把它写下来了，因为现在我相信它是真实的。那天我和阿米尔放学回家，我们看见有一个人蹲在巷子里，这条巷子通往我们公寓后面的楼梯。那是个瘦得皮包骨的人，身上很脏，他的头发和胡子乱蓬蓬的，缠结在一起。阿米尔抓住我的胳膊。

"走，我们去诊所找爸爸。"他小声说，拉着我就要走。

我点点头，但是又想起奶奶还在屋里。万一她出门去菜市场，碰上了这个人呢？不过那人看起来很虚弱，不像是会给别人带来危险的人。那个人突然把手伸出来，我和阿米尔连忙往后退了几步。

"阿米尔，妮莎！"他用嘶哑的声音说。他怎么知道我们的名字？他抬起瘦削的脸看着我们，他的眼睛注视着我的眼睛。我见过这双眼睛，我也听过他的声音。顷刻间，我感觉自己刚刚被大浪卷席到半空中，现在终于落到了海滩上。

"卡兹！"我小声说，双膝一软，跪在了地上。我毫不费劲地说出了他的名字，仿佛我的嗓子一直在等待这一刻。

阿米尔急忙跑过去，把他扶起来，用胳膊环抱住他。我浑身哆嗦地哭了起来,不禁把脸埋在手里。我不敢抬头看,我怕这只是我想象出来的,也许眼前只是站着一个在讨要食物的陌生人。

"妮莎,"阿米尔喊道,"快来帮我。"

我慢慢抬起头,他的确是卡兹。他好像在哭,脸都扭曲了,但却没有眼泪流出来。我走过去,轻轻握住他的手,他的手黑黑的,全是土。我含着眼泪,捏了捏他手背上的皮肤,就像那时我们因为缺水快支撑不住时爸爸对我们做的那样。他的皮肤鼓起了一个包。

"他需要看医生,"我对阿米尔说,"快去找爸爸。"

很奇怪,突然之间好像只有我会说话了。阿米尔盯着我看了几秒。

"去啊!"我推了一下他的胸膛,"我带他上楼。"

"你确定?"阿米尔问。

"是的,你快点去!"

阿米尔摸了摸卡兹的胳膊,飞快跑开了。

"你怎么……"我话还没说完,卡兹示意我别再问了。

"一会儿再说。"他勉强说出这句话。

我说得够多了,该有人阻止我继续说下去了。如果卡兹不是看起来这么虚弱,病恹恹的,我会高兴得跳起来。这不是真的吧,我想。也许我们死在了火车上,然后转世,过上了一种新的生活。他把我抱住,他身上刺鼻的汗味是如此熟悉，这股味道里有我们走过的那长长的路，有无比的痛苦。我们跌跌撞撞地走上楼梯，去找奶奶。

"天哪！"奶奶见了我们大叫一声，用手捂住了嘴。

"是卡兹，是卡兹。"我说，连自己都不相信我所说的。

奶奶点着头，流着眼泪，她把卡兹扶到椅子上坐着。卡兹瘫倒在椅子上。我抓着他两条胳膊，跪在他面前，奶奶端来了水和一碗米饭。

我把杯子端到他的嘴边，他慢慢抿了一小口水。我舀了一小勺米饭喂他，接着一大勺一大勺地喂他吃。

"慢点儿。"奶奶不停地拍着卡兹的手，眼泪簌簌地往下流。

卡兹来了，卡兹就在我们身边。

爸爸回来后，我又说不出话了。他给卡兹测心跳、量血压，从头到脚做了一遍检查。卡兹又吃了些东西，喝了些水，爸爸把他带到洗浴室帮他把身上洗干净。然后爸爸把自己的铺盖展开，扶着卡兹躺在上面，我们都跪坐在他身边。

"我必须来找你们，你们是我的家人。我没有自己的家人了，你们知道的。我没有兄弟姐妹，我的父母过世了。"他转头看着我和阿米尔，"是你们奶奶写信告诉我你们在这里的。"说完这些话，他很快便睡着了。

"真是个奇迹。"奶奶握着卡兹的手轻声抽泣。

那晚，爸爸只垫着一条很薄的毯子睡在地上，把一件T

恤卷起来当枕头。我和阿米尔都把自己的枕头给爸爸，但是他不要。

"卡兹会好起来的，对吗？"我们入睡前，阿米尔悄声问。

"会的。"爸爸摇晃着脑袋说。

"卡兹能跟我们住在一起吗？毕竟他是……"阿米尔问。

"他是我们的家人。"爸爸说。

那晚入睡时，我感到从未有过的宁静。我们又在一起了。我想对尼赫鲁、真纳、印度、巴基斯坦，还有那些互相残杀的人说，你们无法将我们拆散，爱是拆散不了的。

有时候我会想，为什么我们能活下来，那么多人跟我们走的是同一条路，穿越的是同一个边境，可他们却平白无故地死掉了。所有的痛苦，所有的死亡，都毫无因由。我永远都无法理解，当一个国家被加了一条分界线，一夜之间它竟然变得和以前完全不一样了。

但至少我不用再去想卡兹会怎么样，不用再猜他会不会和另一个家庭住在一起。不用再为这些事情而忧虑，这种感觉真是太新奇了，就像一颗我忍不住盯着看的奇珍异宝。至少我心里的这个缺口愈合了。我又可以和他一起做饭、一起聊天了。不知为何，我只愿意跟他说话。

爱你的妮莎

1947 年 11 月 10 日

亲爱的妈妈：

我还有些事要告诉你。卡兹带来了你的一幅画，没有画框，只是一块被折起来的正方形画布，画上的颜料都有些脱落了。这就是那幅手握鸡蛋的画。他拿给我们看的时候，我差点儿晕过去。他怎么知道这幅画对我来说有多么特别。我的思绪一下子回到了从前的家，回到了那时爸爸存放你画作的地方。妈妈，这幅画代表了一部分的你，它从我们过往生活的灰烬中逃脱出来，来到了我们身边。爸爸走上前接过画。

"谢谢。"他拍着卡兹的肩膀说。眼泪在爸爸的眼睛里打转，他眨了眨眼睛，不让泪水流下来。这是几周前的事情。昨天，爸爸回来后把画挂在了墙上，它已经被重新装裱好，虽然比之前小了很多，但重要的部分——画面上的手和鸡蛋都还在。他把画挂在了我们餐桌上方的墙上。

卡兹又开始为我们做饭了，而我不再仅仅给他打下手，我和他一起在这小小的厨房区域里做饭。卡兹刚觉得身体没问题了，就带着阿米尔去菜市场，买回来制作塞巴吉的原料。这道菜总是让我想起从前的家。我们把菠菜、西红柿、洋葱、辣椒和其他食材一一摆在桌子上。然后，我把研钵和碾槌拿了出来。我一直把它们放在包里，挨着我的铺盖卷放着，来到这里后，我都不想拿出来看，因为那会使我非常难过。前些天做饭时，我都是用一条薄毛巾把香料裹在里面，再用石头碾碎。

我把研钵递给卡兹。他冲我笑了，还朝我点点头。

"好孩子，"他说，"现在这是你的了。"

我把研钵洗干净，放了一把孜然粒进去。我拿起碾槌，那白色的大理石握上去沉甸甸的，透着一丝冰凉。我从未想过碾香料可以让我这么开心。

爸爸在找更大的公寓，这样我们就能够拥有更多的房间和家具了。可我现在有点儿喜欢住在这里了。这里永远是我们开启新生活的地方，是卡兹来与我们团聚、让我感受到爱的地方——因为他爱我们，所以才会冒着生命危险来到我们身边，如果换成我是他，我也会这么做吗？

当然，如果家里能更大一些，我们能有真正的床，那肯定很棒。我时常想起我们从前的院子、客厅、走廊、我和阿米尔的卧室、爸爸的房间，还有书房、菜园子和卡兹的小屋。如果不是变得如此贫穷，我都不会意识到我们曾经那么富有。爸爸在诊所很努力地工作，所以我想我们的贫穷只是暂时的。焦特布尔是个不错的地方，就是太热，但这里的人都很友好。没人打听卡兹的事，大家各有各的忙碌。卡兹出门不再戴穆斯林小帽，不知道他会不会觉得难过。他穿爸爸的衣服。爸爸给他弄来了一块小垫子，他依然在那上面做礼拜。每当我听到他低沉的祈祷声，就觉得心里特别充盈，有时候我还会听到奶奶高亢的歌声，像是伴奏似的，奶奶的印度教歌曲和卡兹的穆斯林祈祷融合在一起，变成了一曲悦耳又丰盛的音乐。

对不起，妈妈，我给你写信的次数越来越少了，可能是因为生活恢复了正常，但是我很高兴我为你创造了这个小小的空间——一个属于你和我的空间。每当我需要你的时候，我都能在这里找到你。我会一直跟你分享重要的事情，我保证，妈妈，不管发生什么，你绝不会孤单。

还记得学校里的那个女孩吗？她终于跟我说话了。她问我叫什么名字，但我没回答，我只是低头看着自己的大腿。然后她做了一件很了不起的事。她凑过来，把手放在我的肩膀上。她说没关系，可以不说话。我的眼泪夺眶而出，我在便签纸上写了"谢谢"，然后举起来给她看。我接着写道："我叫妮莎。"她说她叫苏米塔。学校里从来没有哪个女孩对我这么好。

我决定了，我要尝试跟苏米塔说话。这是我现在最重要的一件事。我想让你看到我有了一个真正的朋友，我想找到跟哈法在一起时的那种感觉。也许这需要很长时间，但是我会努力，因为苏米塔是这么久以来第一个告诉我只需要做自己就好的人。妈妈，我想要变得勇敢些，可或许我已经很勇敢了。

爱你的妮莎

作者的话

1947年8月14日、15日，印度脱离英国的统治而独立，同时也被分成了印度和巴基斯坦两个国家。印巴分治的一个原因是，几个世纪以来印度的印度教和伊斯兰教之间关系紧张。很多人并不想让印度分裂成两个国家，但是，当时执政的领导人最终做了这个决定。

在印度的一些地方，宗教冲突时有发生。然而，在分治以前，也有很多地方住着不同宗教的人，他们分别信仰伊斯兰教、印度教、锡克教，还有人信仰在印度更小众的宗教，如拜火教、基督教和耆那教，但他们相邻而居，和谐地生活在一起。当人们开始穿越边境奔向自己的国家，不同宗教间的紧张关系开始升级，在赶往巴基斯坦的穆斯林与赶往新印度的印度教徒以及其他一些宗教的信徒之间，爆发了打斗和屠杀。大多数发生这些暴力冲突的地方在以前都是风平浪静的。据估计，约有1400万人跨越边境，至少有100万人（有人说比这多，也有人说比这少）在这场迁徙中丧生。这是历史上最大规模的移民。

小说中虚构的这家人就生活在这样一片土地上，他们的经历中有一部分是根据我父亲一家的经历改编的。我的父亲和他的父母、兄弟姐妹（也就是我的祖父母、姑姑们和叔叔伯伯们）一起从米尔布尔哈斯穿越边境来到了焦特布尔，与小说里的主人公妮莎所经历的一样。父亲一家安全地抵达了目的地，但是他们失去了家园，失去了很多财产，不得不像难民一样在一个陌生的地方重建生活。我想更深入地了解我的亲人们所经历的这些事，而这是我写这本书的一个重要的原因。

印巴分治前夕，在印度掌权的人主要有：穆斯林联盟的领袖穆罕默德·阿里·真纳，印度国大党的领袖贾瓦哈拉尔·尼赫鲁，指挥印度和巴基斯坦分治的英国总督蒙巴顿勋爵，还有印度国大党前任领袖、非暴力不合作运动的倡导者圣雄甘地。真纳认为，印度独立以后，印度穆斯林作为少数群体将会遭遇不平等待遇，所以他想另建一个国家。尼赫鲁和甘地并不想看到印度分裂，他们相信一个完整的印度会更好。所有这些掌权的人都希望各宗教团体之间保持和平关系，但就实现这一目标的最佳方式存在分歧。

关于这场暴力冲突究竟主要是哪一方的责任，到现在为止已经形成了许多理论，而且争议还将持续。很多人都指责另一方是暴力的发起者。很多人遭遇了恐怖的经历，失去了家人，他们永远也不会原谅给他们带来痛苦的人。妮莎一家在穿越边境的过程中所遭遇的，比一些人（比如我父亲一家）实际经历的要困苦，但也比很多人幸运。这个故事结合了真实的历史和想象的场景,在那个时期它是极有可能会发生的。

今天,印度教徒和穆斯林之间关系依然紧张,世界各地的许多其他宗教之间,也不乏矛盾冲突。铭记过去的错误,就有望创造一个更开明、更包容、更和平的未来。无数的事例说明,接受差异一直是人类面临的一个巨大挑战,妮莎的故事就是其中之一。

致　谢

一本书的出版需要一群人的努力。所以我要感谢的人很多。

如果没有我的经纪人——皮平公司的萨拉·克劳，我真是一筹莫展。她是出版领域最棒的经纪人之一，她一直成功地销售我的作品——这真是一件很神奇的事，而且与她多年的相处给我带来了很大的乐趣。

我也不知道自己哪里来的运气，可以跟非常优秀的编辑纳姆瑞塔·特里帕蒂一起工作。在我写作这本书的过程中，她总是能适时地提出一些极具洞察力的建议，使我的故事能够顺利展开。她真是上天赐给我的礼物。

我还要特别感谢柯利拉和戴尔出版社（Kokila and Dial）的每一位工作人员，包括劳瑞·霍尼克、斯泰西·弗里德伯格和悉迪·蒙代，还有文字编辑罗莎妮·劳尔、执行编辑克里斯腾·托佐和纳塔利·维坎德，以及所有为这本书的出版工作付出辛勤劳动的人。感谢设计团队的克里斯汀·史密斯、凯莉·布莱迪、珍妮·凯丽和杰思敏·鲁伯，营销团队的艾米莉·罗梅罗、艾琳·伯格、瑞切尔·可尼－高汉姆，尚塔·纽林主管的宣传团队，学校及图书馆营销团队的卡梅拉·艾瑞雅和维尼莎·卡森，黛博拉·波兰斯基主管的销售团队，还有参与仓储、包装和运输的工作人员。

我要感谢我特别珍贵的写作团队：极有才华的希拉·查理、莎杨塔妮·古普塔和希瑟·托姆林森，他们自我写第一个字起就不断鼓励我。

感谢我亲爱的朋友萨拉和阿黛尔·西纳维，他们提供了很有价值的观点，对我构思这部小说大有助益。

感谢我无私、慈爱的母亲阿妮塔·希拉南达尼，她总是让我感觉我能做任何我想做的事，即使我做不到。

感谢我的姐姐莎娜·希拉南达尼，她总能在我写作或者生活不顺的时候，拉我一把。也谢谢她的伴侣纳塔尼娅·萨皮洛——我忠实的读者和朋友。

感谢我的公公婆婆菲利斯·贝恩斯坦和汉克·贝恩斯坦，多年以来，他们不辞辛苦，全力支持我的家庭和写作事业。

感谢我的丈夫大卫·贝恩斯坦。他是一名才华横溢的作家，是永远爱我、支持我的人。他一遍又一遍地读我尚未完成的书稿，截稿日临近的日子，多亏他全力做好我的后援工作。还要感谢我可爱的孩子汉娜和艾莉，看到她们每天那么认真地学习，我也更有动力努力工作。

最后，我要特别感谢我的父亲西罗·希拉南达尼，他的真实经历激励我写了这本书。他富有爱心，面对困境从来不气馁，就像一块坚不可摧的岩石，让我在风雨中有所依靠。感谢父亲分享自己的故事，父亲与我之间无数次的对话、邮件和数不清的手机短信，促使我能够将妮莎的世界尽量描述得真实。这些内容构成了这本书的骨架。我还要感谢我父亲的父母，也就是我的祖父母雷瓦昌德和莫第佰；我父亲的姐姐，也就是我的姑姑帕德马和朱帕蒂；我父亲的兄弟，我的叔叔那如、古勒、维西努和拉什曼。最后，感谢那些在1947年印巴分治的时候被无端改变命运、遭受巨大痛苦的几百万民众。

书籍最棒的是,当你读完以后,它会陪伴着你:书中的人烹煮过的食物的香味,会留在你的鼻子里;书页里描绘过的场景,会留在你的眼睛里;你读过的书,还会让你学会摆脱自身立场的束缚,站在别人的角度去思考这个世界。

看看后面几页列出的问题,你不妨以它们为线索,和你的家人、朋友、老师和同学们一起来读一读《深夜日记》。

想一想

1. 为什么对妮莎来说,把心里的想法写下来比说出来要容易得多?你也会这样吗?

2. 除了写日记,妮莎还通过什么方式来表达自己?在哪些情况下,妮莎一个字都说不出来?你觉得在向别人表达自己这方面,妮莎做出了怎样的努力,获得了怎样的成长?

3. 为什么妮莎会想到给死去的妈妈写信?围绕其中一种原因展开讨论,并说说你觉得如果可能的话,妈妈会怎样回复妮莎。

4. 阿米尔和妮莎的个性有哪些共同处,又有哪些不同呢?为什么妮莎会觉得阿米尔是"另一半的自己"?通过展现阿米尔和妮莎个性上的差异以及他们精神上的彼此依赖,作者想告诉我们什么?

5. 为什么妮莎喜欢做饭?书中关于吃饭的场景,你最喜欢哪一幕?为什么?

6. 在妮莎家举办的告别派对上,是什么事让妮莎觉得派对的氛围突然改变了?你认同她的想法吗?

7. 分别说说妮莎和阿米尔与他们爸爸之间的关系。在穿越边境的旅程开始前、行进中和结束后,爸爸对他们俩的态度分别产生了哪些变化?

8. 为什么妮莎很难与别人交朋友?但她为什么敢主动与哈法交流?与哈法的相识及这段友谊的被迫割裂,对妮莎产生了什么影响?

9. 妮莎在日记中写道:"我还是不明白,上个月,我们还都是同一个国家的人,不同民族和宗教的人都生活在一起,现在我们却必须分开,还要彼此憎恨。爸爸会暗暗憎恨拉希德舅舅吗?拉希德舅舅也会恨我们吗?谁都容不下谁,我和阿米尔又该站在哪一边?你能只恨某个人的一半吗?"你能理解妮莎有这样的困惑吗?

10. 当阿米尔身体极其虚弱,他们一家人急需找地方避雨时,一些穆斯林为他们腾出了地方,让他们能够躲进小屋里避雨,你如何看待这件事?

11. 当妮莎被人用刀挟持时,爸爸对那个挟持她的人说了一句甘地说过的话:"以眼还眼,只会让全世界的人都变成瞎子。"你同意他说的吗?

12. 以下两件事发生时,妮莎内心产生了强烈的愤怒:
    一是当妮莎想到自己和哈法的友谊可能会带来危险时,她感到愤怒,就如她在日记中写的:"一个陌生人能把刀架在我的脖子上,但我们看见一个小女孩在她家后院玩,却不可以和她说话?"
    二是当妮莎的爸爸帮一个被砍伤的男人包扎了伤口,救了他一命,可那个男人却拒绝给妮莎和阿米尔一口水喝时,妮莎感到愤怒,她想抓住那个男人的肩膀,想让爸爸去把水壶夺过来……
    妮莎为什么会感到愤怒?她应该和哈法说话吗?那个被砍伤的男人应该给妮莎他们水喝吗?为什么?

13. 妮莎说"仿佛会有一条分界线,将我的童年一分为二",你是如何理解这句话的?

14. 你听说过关于今天世界上无数难民儿童的处境吗?《深夜日记》是基于真实历史背景创作的,也可以被看作是一个关于难民的故事。比较一下书中妮莎的经历与现实世界中难民儿童的处境,你觉得是什么造成了他们的痛苦?未来人类应该如何减少这种悲剧?

15. 你觉得妮莎的故事如何体现了，接受差异对人类来说是一个巨大的挑战？在应对这种挑战方面，妮莎的故事带来了怎样的希望和启示？